ジャン・アメリー

老いについて

反乱と諦念

初見 基訳

みすず書房

ÜBER DAS ALTERN

Revolte und Resignation

by

Jean Améry

First published by Ernst Klett Verlag, Stuttgart, 1968

目次

凡例

一、底本には次の『アメリー著作集』に収められているテクストを用いた。

Jean Améry: *Über das Altern. Revolte und Resignation.* In: Ders., Werke. Band 3. Herausgegeben von Irene Heidelberger-Leonard, Klett-Cotta, 2005.

一、誤植ほか細部の確認のため、初版も参照した。

Jean Améry: *Über das Altern. Revolte und Resignation.* Ernst Klett Verlag, 1968.

なお二〇二〇年刊行の本書単行本第十一版も参照したが、これは右記著作集版とまったく同一テクストなので記さない。

一、引用の出典については、何点か英訳書の注を参考にした。

Jean Améry: *On Aging. Revolt and Resignation.* Translated by John D. Barlow. Indiana University Press, 1994.

一、本文中原著の括弧» «は《 》で、› ‹は「 」で、イタリック体箇所は傍点で表した。〈 〉は単語の識別しやすさを考えて訳者が適宜入れた。〔 〕内は訳者による補足である。

岩山や樹木の帳によって眺望が遮られた、湖を見下ろす道を登る画家のように、私は生きてきた。合間を通して仄見ると一望が眼前にあり、彼は絵筆をとる。けれどすでに夜がやって来てもはや描くことができない、そしてその後に陽はもはやのぼらない！

マルセル・プルースト『見いだされた時』(1)

前書き

思索を好む性癖と、そのための修練をある程度積んでいるのではないかという以外になんの裏打ちもないまま、人間の老いについての試論をここに上梓する。試論――それがここで意味するのは実験ではなく、分析的理性によって見いだせないのがはなから明らかだった事柄を探求する[1]ということだ。本書の対象についての瞑想は老人医学とは無縁だ。ここで扱うのは、老いゆく人間のもつ、時間、自身の身体、社会、文明、そして死との関係だ。実証科学の意味での実質的な内容、自分の生を一定の状態――ほかならぬ老いの状態――に合わせるための手助けとなってくれる認識を期待する向きは、本書に失望せざるをえない。そのように努めることは私にはできなかった。

知識層が意識によって直接与えられるものにばかりでなく人間一般に背を向け、その代わりの研究対象が体系《システム》とコードとなっている時代にあって、私は徹底して〈生きられたこと〉――

体験《ル・ヴェキュ》――にこだわった。老いゆく人間が巻き込まれている流れをほぼ忠実に書き留めようというこのような努力は、本質的には内観という方法によって成し遂げられた。これに加え、観察と感情移入がもくろまれた。その代わりに科学性を、それどころか論理的一貫性を保とうという希望をいっさい断念せざるをえなかった。

　このような覚書の性格は一方で主観的であり、それは私にとって当初から明らかだった。それでも他方で、この企てを主観的である以上のものに向けようと、まとめた考えをあらゆる角度から絶えず照らし出し、自身に対して反駁、修正を重ねる、矛盾を決して厭わぬ思索に努めた――とはいえ、客観性ないし相互主観性という目標には意識的に背を向けて。支えとなったのは、私たちの文明状態にある人間に妥当するいくつかの基本事実をうまく解明できたのではないか、という漠たる希望だけだった。こうして私はひとつの賭けをした。この仕事に意味があるのかないのか、価値があるのかないのか、真理判断のくだせる第三者を呼び出せなかった以上、その決定は読者に全面的に委ねよう、と。

　こう読者に請うのは、私自身執筆中はじめて見えてきた事柄をめぐって、読者に加勢していただければと望むからでもある。一歩また一歩と手探りで前へ進むにつれ、老いゆく人間によっていつも惹起される希望を私は諦め、慰めを手放すよう余儀なくされた。衰えと折りあえる、それどころかそこから価値を引き出せるのではないか――諦念の気高さ、夕暮れの叡智、晩年の満足

――などと老いゆく者に対して勧められようとも、それは私にしてみれば卑劣な欺瞞であり、一行ごとにこれに抗議するよう自らに課さざるをえなかった。こうして、探求という質をもった試論は、あらかじめそのように計画するどころか漠然と考えすらしていなかったのだが、分析にはじまり反逆行為にいたった。しかしその反逆は逃れられぬ道理外れの事態を全面的に受け容れることを前提していて、自家撞着したものだ。私にできるのは、請われた読者が私に応えてくれるかどうか、矛盾に満ちた道を私とともに歩んでくれるかどうか、待つだけだ。

既存の学問的手段のいっさいを私は放棄し、自分自身および自分が立てた問いという不確かな地盤のうえに論を立てた。とはいうものの、数々の影響のもとにあったのはあまりに当然だ。そうした影響にしても、折々組み入れられながらそう明示されていない引用にしても、見分けるのは苦もないだろう。

私が多くを学んだ三人の著者だけは、あるいは充分に知られていないこともあり、名前を明示しておかなくてはならない。ソルボンヌの教授ウラディーミル・ジャンケレヴィチ、ドイツ人の医師にして現象学者ヘルベルト・プリュッゲ(2)、フランスのジャーナリスト、アンドレ・ゴルツだ(3)(原注)。

書籍の著者たるもの、落ち着かぬまま送った時間の成果を胸締めつけられる思いなく世に出すことはない。ここで扱われるのはきわめて個人的な事柄ではあるが、執筆者がいくら自制したところで、それが普遍的な拘束力をもつものへと変わりうるという思い上がった希望がはしばしで現れている。危惧はそのぶんおおきい。書物はその運命をもつだけではない。書物そのものも運命となりうる。

ブリュッセル　一九六八年夏

ジャン・アメリー

原注

Vladimir Jankélévitch, *La mort*, Paris 1967.〔ウラジーミル・ジャンケレヴィッチ（仲澤紀雄訳）『死』みすず書房、一九七八年〕

Herbert Plügge, *Wohlbefinden und Mißbefinden*, Tübingen 1962.〔ヘルベルト・プリュッゲ『健康良好と健康不全　医学人間学論集』、邦訳なし〕

Herbert Plügge, *Der Mensch und sein Leib*, Tübingen 1967.〔ヘルベルト・プリュッゲ『人間とその肉体』、邦訳なし〕

André Gorz, Le vieillissement, in *Les Temps Modernes*, Nr. 187, 188.〔アンドレ・ゴルツ「老化」、『現代《レ・タン・モデルヌ》』誌一八七・一八八号（一九六一－二）邦訳なし〕

第四版への前書き

この試論を記してこのかた過ぎ去った十年のあいだに、老いについてあらたに習い覚えることも私にはできたろう。本書が刊行された折の、もうかなりお歳を召した紳士による厳しい批評を思い出すと、失笑を禁じえない。この御仁は、おおよそ次のように私を非難した。J・Aという五十五歳の《お若い》人物が老いと老齢についてなにを理解できるというのか？　なんてあつかましいのか？　と。

本文を読み直した私は、はなはだ遺憾ながらこの屈託ない老人は間違っていたと申し上げなくてはならない――そして私が正しかったと。なんたること！　私は核心を理解していた。この十年のあいだにいくばくかの経験を積んだとするなら、当時述べた内容に限定を加えるのではなく、むしろ強調するほうへと進んだ。すべては見越していたのよりわずかばかり悪かった。肉体の老い、文化的な老い、陰気な道連れがにじり寄ってきて、日に日に重苦しく感じるようになる。そいつときたら私に並んで歩みながら、ライムントのファレンティーンに対してのように薄気味悪い親しげな言葉でしきりに呼びかけるのだ。友よ、おいでよ……[1]

老いゆく人間、老いた人間から好ましからぬ運命を軽減するために、社会的にあらゆる手段が講じられるべきだと、昨日と同じく今日でも私は信じている。しかし同時に、この方向での高潔にして尊敬に値する努力によって事態はいささか鎮められるにしても――つまりそれはいわば無害な鎮痛剤なのだが――、老いという悲劇的な災いの原則的なところはなにも変化させられない、改善などできないとの考えは、いまでも執拗にもちつづけている。

一点のみ修正しなくてはならない。《自由死についてのばか話》[2]なるたちの悪い言葉を記した箇所だ。この点で理解と経験を新たにして別方向に急き立てられ、私の思索は当時まったく予想もつかなかった拡がりに達した。そこで私は『自らに手を下し――自由死についての議論』[3]を執筆する必要をも感じた。これは、いわば本書の続編と考えていただいても良い。

ジャン・アメリー

ブリュッセル　一九七七年春

現存と時間の経過

老いゆく人間――老いゆく女性、老いゆく男性――に本書で私たちは頻繁に遭遇する。それはあれこれかたちを変え、さまざまな装いで現れるだろう。老いゆく者を文学作品中でよく知っている人物として認めるときもあれば、想像力が導き出した純粋な抽象態の場合もあるだろうし、別な箇所では本稿著者の輪郭がくっきりと現れもするだろう。老いゆく者の人物像が不明瞭でもあれば、その年齢がいくつなのかも不明瞭だろうが、それは用語法と現実の要請による。私たちは、ようやく四十歳を回ったばかりの老いゆく男を見るだろう。なぜなら、本書が記述しようとする過程が早くに現れる場合もあるからだ。別の例では五十歳代の、したがって統計の漠然とした客観性にしたがえば、実際に老境に差しかかっている者の老いが見られる。現存と時間の経過を扱う本章では、老いゆく者は五十歳そこそこの男性として設定される。とはいってもこの男性自身がその年齢にあって自分を老いゆく男と感じていたのが正当化されるのは、彼が早くに死去したからであって、[1]そのため私たちもそのように受け容れなくてはならないのだが。——私たちが彼と出会うのは、午前の集いに出向こうとしている折になる。彼がかつて道化の役回りを演じていた虚栄の市からはとうに身を引いていたので、何年ぶりものことだった。礼服を召し、胸と胃がいささか不自然で妙な風に張り出して見えるとはいえ、背筋を伸ばしていまだ姿勢が良い。襟首にかかる黒く豊かな髪も口髭もまだ変色していないものの、高い襟のうえに載った血の気のない顔は蠟でできた仮面のように硬直し、東洋風に沈んだ目は輝きなく、青みがかった深い隈の影のなかに安らっている。

この老いゆく男を《A》という符号で呼ぶことにする。[2]本書の考察に暫時導き入れる予定である、彼と運命をともにするすべての者たちをそう呼ぶのと同じに。A、それは考えうるなかでももっとも数学的でもっとも抽象的な呼び名であると同時に、読者の想像と具体化能力に最大の自由な余地を与える。ただし私たちのこの最初のAにかぎっては、世界が彼に与えた名前でも呼び出すことにしよう。《小説の語り手》として、ないしはここでは例外的にもっと正確に彼の本名でもって。彼の故郷であるロワール＝エ＝シェール県では奇妙にも《プルー》と発音するのだが、私たちのよく知っている呼び方ではプルースト、マルセル・プルーストという名だ。[3]

帽子を手にAは——マルセル・プルーストは——招待主のもとを訪問し、何年も顔を見せていなかったにもかかわらず当家の使用人たちが彼を覚えているのを知る。おや、プルーストお父さまがお出でだ、と人びとが言う――彼には息子などいないのだから、《お父さま》とはもっぱら自分の老齢に向けられているのでしかないのが彼にはわかっている。召使いたちがもっとよく事情を知っておりもっと明瞭に言い表すことができたところで、まっすぐに立って髪の毛も白くなっていないこの五十歳そこそこの男が、なんとも言いがたく実年齢を上回り老けて見えると述べるところだろう。黄ばみがかり蒼白で動きのない顔には死後硬直が先取りされているからだ。――語り手の再会する人びとは、うわべに欺かれていないとすれば、彼自身よりはるかに体調がすぐれなかった。綿のような髭をたくわえ、靴底に鉛が入っているかのごとく足を引きずって歩く、このおとぎの国の王様はどなたか。ゲルマント大公だ。あること――《あること》については紙数を割いて語られなくてはならないだろうが――によって彼はこのような為体となってしまった。素人劇団の役者がつけているどころか物乞いが生やしているかのような白髭の翁はどなたか。アルジャンクール氏だ。間違いなく語り手のかつての親密なる敵だ！　当時は横柄にして尊大だったシャルリュス男爵は惨憺たるサロンのリア王となってしまい、栄華を誇った日々には歯牙にもかけなかった人びとにしきりと帽子をとって挨拶をしている。若かりし日の僚友ブロックはいまではジャック・ド・ロジエを名乗り、片眼鏡が畏怖を感じさせるため、老けこんだ顔はなんらかの表情を示す必要がない。――訪問者の出くわす面々、その瞼は硬直して封印され、まもなく世を去るであろう者のそれで、唇は絶え間なくつぶやき声を発し、死に身を委ねた者たちの(4)

祈禱をすでに捧げているかのようだ。硬化症がすみずみまで行き渡り、石造りのエジプトの神々に化してしまった面々もいる。遠目で観察するかぎりほとんど変わっていない人びとも語り手は見つける。けれども近寄って話しかけてみるなら、一見まだつややかな肌の下には浮腫や細かな発疹、赤黒い毛細血管が見えてしまう。そのため、髪は白く腰は曲がり足を引きずって老齢の隠しようのない場合よりも、はるかに激しい反感と強烈な驚愕が呼び起こされる。ほとんどの顔にこの客は見覚えがある。幾歳月も以前のどこかの晩餐会で会い、話をした。硬化症と脱水症の向こうに彼はかつての容貌を判読する。また誰かに話しかけられるものの、その顔、声、体つきをまえに戸惑うばかり、といったことも起こる。ひとりの太った女性が挨拶をしてくる。Aはもの問いたげに、そしてこの問いに赦しを請うように、その人を見つめる。ジルベルトだ。少年がコンブレで、そしてシャンゼリゼで愛した女性だ。――プルーストの語り手がゲルマント大公のお招きの場でふたたび見いだした人びとにはいったい何が起きたというのか。たいしたことではない。すべてだ。時間が過ぎ去った。

　時間が過ぎ去り、流れ去り、消え去り、かき消された、そして時間とともに私たちは過ぎ去る――何を私は言っているのか？――強風を受けた煙のように。時間とともにすべてが滑りゆき流れ失せる、というとき、この時間とは何なのか、と問うてみる――笑止千万なまでに執拗な素朴さに徹して問いつめる、すると論理の遊戯に長けた頭脳の持ち主が、かくも陳腐なかたちで立てられる問いは見せかけの問いにすぎないと教えてくれる。――時間について少しばかり調べてみようとするだけで大混乱に陥るにあまりある、こう述べたのは、たいへん聡明でいまではだいぶ高齢である鳥頭の英国人だった。そしてゼノンに倣ってわれわれをおもしろがらせてくれるパラドクスを突きつけた。過去は存在するか？　存在しない。なぜならそれはすでになくなっているからだ。未来は存在するか？　存在しない。なぜならそれはまだそこに現存していないからだ。それでは現在とは存するのか？　いかにも。けれどもこの現在とは時間の幅をいっさい含まないかたちではないのか？　そうなのだ。それでは、おそらく時間とはそもそも存しないのだろう。そのとおり。時間など存しない[5]。ラッセルのパラドクスなら解決できる。時間についての問いの大方に答えは出せる。充分に鋭敏にしてよく訓練された頭脳の持ち主たちがこれを試みてきた。しかし彼らが解き明かした答えは、私たちにはほとんど関係ない。

　時間について考えをめぐらせてみる。私たちが語るのは、事情が異なる物理学者の時間についてではなく、私たちの時間についてであり、いつでも私たちのでしかない、生きられた時間、《タン・ヴェキュ temps vécu》[6]についてなのだが――このような時間について考えをめぐらせるとき私たちは、どちらも同様に命取りとなりうるふたつの危険地帯のあいだを歩測している。一方で私たちは、ぼんやりとした物思い、素人くさい沈思に脅かされている。他方では、学術的な響きはするもののごくわずかな認識価値によっても裏づけられていない、哲学専門家の専門用語というものが私たちにはある。それでも前進を試みなくてはならないだろう。なぜならば時間こそが、生きられた時間、そう言いたければ主観的な時間こそが、私たちにとってなにより喫緊な問題なのだから。問題だって？　いまだに新聞ではそんな単語が黒インクの好ましからぬ臭いを放っている！　時間は私たちの天敵であり、私たちのいちばんの親友であり、私たちのただひとつの完全な専有物であり、私たちには決して摑みえないもの、私たちの苦痛にして私たちの希望だ。これについて語るのは難しい。魔の山のうえから聞こえてくる。時間について物語るなんてできるのか？　時間そのものを、他のなにものでもない、そのような時間を。断じてできはしない。そんなことをするのは狂気の沙汰だ。時間が流れ去り、それは消え去り、時間は流れていった、そんな調子で物語は進むだろう、それもいつまでも――頭がまともならおそらくこんなものを誰も物語とは呼べない[7]。――これでは魔術師が述べていたように物語ではないというだけではない。それは時間とすらもう関係ない、そうしているあいだにも、ごく短いとはいえまさに時間が経過しているという以外には。流れ去り、消え去り、流れてゆく、そうした動きを時間がしているわけではない。そのたぐいが起こるのは空間のなかであって、目に見える、あるいは少なくとも推論から知ることができる。私たちが時間について語る際には、もし学問らしく見せようとするなら、《空間形態隠喩》とでも言えるような空間の世界からの比喩を用いる。時間を物語るなどほとんどできない。ほとんどない、と言っているのであって、物語りえないと言っているのではない。もし物語りえないのなら、私たちがそうしようと努めているように、ふたつの危険地帯のあいだの空間でやはり何かを言うのでなしに、私たちは自らに沈黙を課さねばならない。比喩を用いた語り方は、それが比喩であるとつねに意識されているときにのみ役立つのではないか。そしてある記述のなかで別な記述がもしうまく再発見されるとするならば、たとえ認識価値がなくとも、私たちには考察が許されるのだ。

老いる、現存する、時が過ぎ去る、という悩ましい問いに長いこと取り組んできたAは、自分を寄せつけない事柄が解明されるための指摘をいくつか得られるのではないかと期待して、友人の著名な物理学者を訪問した。科学をこととする男が会話を独占し、高尚かつ上機嫌に会話は進んだ。時間だって？　物理学の問題だ。ニュートンの古典物理学では、時間はまだそもそも時間ではなかった。つまりそこで問題となったのは空間内での諸物体の運動だけであり、時間は逆向きにもできた。たとえば月の位置は、これまでのデータにもとづき西暦二五〇〇年まで見通すことも一六〇〇年まで遡って計算することもできる。その後近代物理学とともに熱力学での時間となった。時間は不可逆であり、偶然に生じたありえない分子秩序の乱雑さの度合いを表す量であるエントロピー概念と結びつく。無秩序が一般的に増大する傾向があり、その極端な例がいわゆる《熱的死》だ。平俗で端的に言い表せばこうなる。熱力学の時間は不可逆である、なぜならそれは、あらゆる存在の崩壊に向かうのだから。とはいえ《生物学的》時間があるのも認めざるをえない。これはその逆で、構造化をもたらし、構造の解体をもたらすのではない。けれども生物学的時間は自分のような物理学者には関係ない、少なくとも、それについての言明が数学的－物理的言語に全面的に翻訳されないかぎりは。

こうした彼の説明で、理解に努めるAにとってすべてがすっかり《明快》だったわけではない。それでも申し分なくとは言えずともいわば直観的には追えるので、友人が何を話しているのか彼にはある程度わかった。けれども教授と違い彼にとってそもそも重要だったのは空間内での物体の運動などではなく、どうせはるかに先の話であろう熱的死でもなければ、進化の事実から解明される時間でもない。彼は過ぎ去ってゆく歳月について、突然そこに現れては時間を廃棄したかに欺く回想について、時間が純粋に熟したときにのみ感じられる死の重みについて語った。実証科学の男が苛立たしげにやめてくれと合図をしたのももっともだ。だが彼とて石頭の専門家ではなく、文化の衣裳をまとった最大限の普遍精神を備えた人間で、ゲルマント邸で私たちが出逢ったあの男にもよくなじみ哲学にも造詣が深いため、私だって〈生きられる持続〉[8]、ベルクソン、ミンコフスキー、非合理主義、現象学的思考遊戯くらい知っています、と述べた。よく承知しています。けれどもお訊ねしますが、空間と時間が定義可能であって、公式をうえから被せられる以上、空間と時間の方程式で空間と時間を扱っている私にとって、そうしたすべてが何だというのでしょう？　たしかに彼にとって何だというのか？　Aは礼を述べて内心傷つきながらそっと辞去する、明晰ならざる頭脳で考えあぐねている男は、真摯な研究者を煮詰まっていない生半可な彼の思考につきあわせてしまったことに、弁解のしようもない。

だいぶあとになって彼はこの友人とたまたま再会した。そのとき友人は意気消沈していて、意気揚々と内容豊かな話をしてみせようという気分ではなかった。なんて時間が私から走り去ってしまったことか、と学者は言った。私たちが知り合ってからどれだけ経ったでしょうね？　二十年？　愛しい時間よ、あのころはなんていろいろの計画をもっていたことか、私はなんだってそれらを為そうとしなかったか、それらは手つかずのままになってしまった。もしいま時間が許されてさえいれば、いまからだって為し遂げたいものだ。けれどもあまりに多くの時間が過ぎ去り、私にはほとんど時間がない。ああ奇妙な時間よ、ああ時間を過ごすことよ[9]――とまで物理学者は言わなかったが。Aは自らの心に分け入り考えてみた、ほとんど機械的に。そして慰めなく、慰める能もなければそれを求められもせずに、またも友人のもとを辞した。これまでもたびたびそうだったようにまたしても彼には、若いころから馴染んでいたケーニヒスベルクの小男の言葉が聞こえてきた。近代論理学と弁証法が苦もなくとうに片づけてしまったとはいえ、彼は自分のこと、そして時間についての深い思索をこの言葉のなかにくり返しあらたに見いだしてきた。空間－時間の堅固な結びつきを構成しようという近代哲学者たちのさまざまな試みにもかかわらず、空間と時間は互いに疎遠だった。時間は内的感覚の形式である、とはつまり、私たち自身および私たちの状態を直観する形式だ[10]。これは明白だったのではないか？　空間ならばAはいつだって歩測し、そのなかで自身を発揮できた。外的感覚は五感のひとつだった。空間内で起こったことなら人と議論ができた。それが《内的感覚》によって生じたことはほとんど伝達できなかった。そして、内的感覚とその対象を追求しようと自らのなかへ敢えて入ろうという者がいたところでその勇気は報われず、精神的に荒廃した虚無に脅かされた。空間内での現実ということだったならいつでも、言葉が役に立たなければそれに替わる行為を起こせた。青とは何か？　まず説明できない。けれどもAは青色を訊ねられたなら、書類入れを指してこう言うことができた。これが青だよと。それに対して自分の時間感覚を他人にどう受け入れてもらえただろう？　相互主観的に知覚しあえるものに向けられる人差指などなかった。そこで相手が自ら時間に行き当たり、それについて語るまで待たなくてはならなかった。だからこのようなことも起こったのだ。物理学者は彼なりに必要に迫られ、科学からも学問分野としての哲学からも退けられている同じ凡庸な言葉で——風がうずまくスキー小屋で普段着の上着を羽織ってでもいれば、《おしゃべり[11]》と呼んだことだろう——時間についてしゃべった。彼だってやはりもう若者ではないのだから。

　老いゆくなかで私たちの気づく時間は、把握しがたいだけではない。それは辻褄の合わないことだらけでもあって、正確さに努めようというい かなる知的努力をもいたく愚弄する。誰かが善きことを期待する。しかし善き期待の時間、《善き》時間は、彼の敵となる。彼は時間を一刻も早く後にしてしまおうと、それを《追い払おう》と、あるいは《消滅させよう》とすらする。また悪しきことに威嚇される者もいる。そのとき《悪しき》時間は彼の唯一の友となり、それに彼は死刑判決を受けた者のようにしがみつく、処刑までまだ五時間ある、それからまだ二時間、ついには外からすでに足音が聞こえてきて、分刻み、秒刻みとなる、哀れな罪人はまだこの恐ろしさきわまりない瞬間に停まってもらいたいと願う、そうこの瞬間はかくも美しいのだ[12]。——あるいはまた、前途にありあまる時間をもったひとりの若者がここにいる。時間について何も聞きたくなどない、何も知る必要がないほどに時間はありあまっている。自分自身の身体の健康にはなんとなく自信をもっており、二十歳の彼にあと五十年の年齢を約束してくれる統計など決して必要としていない——そんな時間の道のりは見通しがたい。はるかな時間に向かって彼は生きてゆく。二十年間持してきた誠実さをもって。しかし明日、乗用車がプラタナスに衝突し、彼はきれぎれになって国道に横たわる。そのとき彼は、彼なりの計画や漠然とした希望という点で誤った生き方をした。なぜなら終わってしまった生にとっては終わりが——この場合には早すぎる終わりが——始まりと生のあらゆる段階の真理であり、そしていまやこの早すぎる終わりが、過ぎ去った若い生のあらゆる局面に弱々しい光を投げかける。しかし自分の予想と統計上の示すところにほどほどかなう老齢に達したとしても、私たちが時計や日めくりによって分配、規定している私たちの時間はやはり、本来の語義で計り知れない度を外れたものだ。時間の道のりないし時間の塊は相対的だ。私たちにとってどうせ意味のない相互主観的な物理的時間に対してだけでなく、時間の道のりないし塊それぞれのあいだにあっても。そこでは両者の関係は同じままにとどまらない。

Ａは戦争を切り抜けてきた。前線で軍務に服し、何度も負傷し、爆撃を受け、親族を失い、故郷から追放され、第二次世界大戦を切り抜けた。一九三九年から一九四五年までの時間の塊は彼にとって不透明で重苦しいものだ。戦争という事件に先立つ十年間は、回想のなかでは戦後の二十年間と同様に血の通わぬ貧弱で軽いものとなり、五年間のほうが十年ないし二十年よりも長く意味深長な時間なのだ。けれどやがて気づかぬうちに時間の重量の分配が新しくなっている。過去全体のうえに草が生い茂り、過去は突如として均されてしまったように見え、もはや時間がそのときどきにもつ価値などない。それがやがて――たいていは突如発見されるのだが――草の下で進行した過去の量の移動がはっきりする。そのとき戦争は、戦後の時間と同様に重たい時間ではない。いまや山なす塊として隆起するのは夏の数週間かもしれない。はるか遠く離れた、すでに忘れかけていた恋の冒険をもたらしてくれた数週間。

私たちが時計やカレンダーの時間と結ぶ関係は理性的なものではない。他方で私たちの自己全体を形成する私たちの時間についても知悉していない。長く退屈な日々を過ごしたとか、短いつかの間の日々を過ごしたと、いずれにせよためらうことなく私たちは言いはなつ。けれどももし私たちが当時の長々しい無聊や短いつかの間にふたたび浸ろうとするなら、それがうまくゆかないのがわかる。私たちが単調な退屈さのなかで過ごしたのは長いあいだのことではまったくなく、むしろ恐ろしいほどに短いあいだであり、私たちの回想のなかで復活するときにはすっかり萎びて取るに足らぬものとなっている。つかの間の時間を、出来事が盛りだくさんであるがゆえ私たちは長く大いなる時間と認識する。時計の刻みは規則正しい。今日破る日めくりを私は、昨日も同様に破ったし、明日も同様に破るだろう、あること――《あること》についてはいずれ語られなくてはならないだろうが――に思いがけず妨げられないならば。それにもかかわらず時間の歩みは同一歩調ではない。私自身この歩みを時間のなかで時間とともに行ない、そして自分は勇敢ではないにしてもまっとうにこの生を前進しているつもりになっている――だがやがて、私はあるときには息を切らして疾走していた、別なときには緩慢に足を引きずる怠惰な卑怯者だった、そう気づくのだ。

　では私たちは、まったく別な点から出発し、そして全然異なったやり方で、鳥頭で慧眼の英国人と同じ冗談めいたパラドクス――時間は存在しない――を確認するにいたるだろうか？　ばかばかしい！　空間が私たちの周りにあるように、時間はいつだって私たちのなかにある。私たちは自分たちの現存をないかのように語れないのと同様、誰にもあますところなく考え出せないことがら[13]であるにはしても、時間をないことにはできない。ではやはり私たちには時間を捕らえられないのだろうか？

私たちにはできる。私たちは老いつつ時間を見いだす――ゲルマント邸でのAのように詩人の幻想に身を委ねるのではないにしても。それができるならば、時間を〈見いだされた時〉として回想のなかで取り戻し、止揚し、そうすることで自身が永遠のなかへとそっと入り込むのではあるが。

なんとぼくは駆けずり回ってきたことか、とAは考え額を撫でる。戦争が終わってこのかたの時間を早足で駆け抜けてきたので、いまではこんなに疲れてしまい、道ばたで少しばかり休む必要がある。昨日、それは血と死でもって終わった。おおいなる未来、これが自分にやって来ると信じていた。当時は左岸をやみくもに、激しい怒りを抱き未来に向かって走った。サン＝ジェルマン＝デ＝プレ、赤い薔薇《ラ・ローズ・ルージュ》[14]、サルトル、レジスタンスから革命へ。時間がこれを別様にもってゆき、荒々しい疾走は規則正しい早足となった。これは疾走よりも疲れるものかもしれない。私は自分が求めていたのとは別様な世界に順応した。そしてこの世界のほうでも別様な私を求め、この不釣り合いの戦いで勝利を収め、市民生活という欺瞞で誘惑してきた。アパルトマン、ささやかな。車、ささやかな。銀行口座、ときたま振り込まれるだけのため。それでもアパルトマン、車、銀行口座を骨の折れる早足でやっとのこと手に入れた、すると屋根裏部屋の自由、なんの基盤もまったくなしでいる者の自由、これは消え去る――時間とともに、時間のなかで。――なんとぼくは駆けずり回ってきたことか、とAは疲れ果てて考える、だからいま何が起ころうと一休みしてよく考えるだけの時間をとるんだ。道はいっそう長く、足はいっそう短くなるばかりだから。呼吸は困難に、筋肉は虚弱に、頭は衰えゆく。けれど衰えた頭でも、現存することと時間が過ぎ去ることについて、額に刻まれる老いについて、よく考えることはまだできる。それどころか、研ぎ澄まされた精神によるよりも良好に。研ぎ澄まされた精神はいつでも秩序を生みだすのに対して、時間についての手がかりを摑もうとするならば、無秩序に屈しなくてはならないからだ。

徹底して時間を究めるには自分の知的野心を犠牲にしなくてはならない、とAは考える。そのとき明らかになるのが悪しき内容であっても、それが本当であるかぎり満足できる。この《本当の》とは《正確な》という意味であるわけもなく、《嘘偽りのない》といった程度だ。それは直観的認識のようなものであるというのか？　いや、とんでもない！　悪しき本当の思考は、独自の道を一本だけ記さなくてはならない。残りがあるならばそれは何の役にも立たない文学か哲学だ。

実証的な認識を得るためならば、強靱な理性はおおいに役立つどころか唯一適格ですらある思考道具であるが、根本的矛盾のあまりいずれにしても事態にふさわしい十全な対応ができなくなってしまうところでは、役に立たないのがわかる。時間を追究するとき私たちは、旧来どおりの論理的思考の一定の規則を無視し去る。なぜならば、時間は空間とは違い現実の論理を知らないため、言い表されるべきそのものにとっていかなる指図も無効であるからだ。過去、現在、未来、これはそれぞれ、私のうしろにある時間、私のもとに私とともにある時間、私のまえにある時間、そのように慣用語法と普通の観念は言おうとする。現在についてこれは正確であるはずがないというのが、私たちのまえに立ちふさがる最初にしてもっとも通俗的な考えだ。現在には、すでに例の英国人の口真似をして語ったとおり、時間の幅がないのだから。先に進むにあたっては作為的な概念の助けを借りた。時間とは、過去に発して開始点を最短の道で終点と結びつける線ではなく《志向性の場》である、というように。通常の言語使用はそれだけが重要である日常の現実を反映していたため、現象学者に耳を傾けることはなかったし、耳を傾ける必要もなかった――こうした日常の言語使用では、だいたいそのようなことはすでに承知されていた。《現在》について語りながら、それによって考えられているのは、ともあれ拡がりをもたない理念上の点では決してない。現在を語る者は、諸データのひとつのまとまりからひとつの体系《システム》を、その表現のほうが好ましいようならひとつの《場》を無意識裡に構成している。私はある一定の関連で《いま》と言う。この〈いま〉の内には、一定量の過去と未来が含まれている。それは、語られた内容や行動された事柄の組み合わせによってそれぞれ規定されているように、感覚的刺激の瞬間、煙草で指先を焦がしてしまう一瞬でもあれば、いま海辺で過ごしている休暇の四週間でもあれば、職業上の転機を迎えた進行中の一年でもある。何週間もの、あるいは一年のただなかにありながら、私は《いま》と言う。私は未来と過去を含み込む時間の場を画定し、それを現在と呼ぶ。そこで世界に漫然と向かう者にとって時間とは本人の問題ではない――〈ああ、私の歳月はどこへ消え失せてしまったのか[15]〉という瞬間まではあるが。時間が自らに向けられた問いとなるのは、道ばたに座り込んだ我らがAのように、それが消え失せ取り戻しがたいことに気づいてはじめてのことだ。

　この問いに答えを見いだそうとすると足が止まってしまう。なぜなら突如として、線や場ということでは立ちゆかないからだ。過去がそこにあり、ありつづける。それに対して現在と未来はその時間の性格を失う。現在は絶え間なく過去に飲み込まれ、未来がもっと順調になるわけではない。だがこのことを見いだし理解するのはいつだって老いゆく者だけだ。彼にはもはや当然ながらさほど多くが降りかかることはなく、降りかかりようもないからだ。そして一年経ったらまたお会いしましょうと去り際の友人に告げるのにも、留保をつけはじめるしかない。彼は時間をもっている、彼はすっかり時間である。なぜなら世界にも将来にも、彼はもうさほど信を置いていないからだ。

若者が無思慮に未来の地平へと漫然と向かおうとも、未来の地平も時間であるのだから、彼もまた時間をもち、時間を知っている、そう言う者自身は、時間を時間以外の何ものでもないとはいまだ決して感じたことがなかった。我らがAが赤い薔薇《ラ・ローズ・ルージュ》や実存主義の日々にそうしたように、若者が覚束ない足取りで向かうのは未来にであって時間にではない。それは世界である、あるいはより正確には、それは空間である。若者は自らについて、自分のまえに時間があると言う。けれど実際に彼のまえに横たわるのは、彼がそれを受け容れ、同時に彼がそれによって標しづけられる世界なのだ。老人は生をうしろにもっているという、だがこの生はもはや実際には生きられておらず、それは蓄積された時間、生きられた、生き終えた時間以外のなにものでもない。私たちの身体も統計も隠し立てをしないため、自分のまえにある時間が少なくなっていると思うならば、それだけ多く時間は私たちの裡にある――たとえゲルマント大公とアルジャンクール氏はAが難なく認められるほどに外見上変わっていなかったところで、それでも彼らは老いている、彼らのなかで重荷となっている時間によって老いている。これが時間であると若者たちの信じているなにものかを彼らが意識するのは、自分たちに向かって近づきつつあり、生きることと死ぬことが進行した後に正当にも自分たちに帰する、そのようなものに対するもどかしげな期待としてになる。彼らにとって時間は空間のなかを自明に動くものであり、それは彼らの生と彼ら自身のなかに足を踏みいれて入り込んでくるだろう。若者に関して《彼のまえには時間がある》というよりも《彼には世界が開かれている》と言われるのは特徴的だ。それに対して老人ないし老いつつある者は日々未来を、空間的なものへの、ひいては現に活動しているものへの否定として経験する。未来とは時間ではなく、むしろ世界と空間だ、と私たちは言う。実際、日常の幾多のときにあってそのような体験をしたことのない者などいようか！　彼はある出来事をもどかしく待っている。待つことの激しい思いが彼を駆り立てる。彼は椅子から身を起こし、落ち着きなく行ったり来たりして家を後にする。そうすることで出来事を――空間と世界で起きることを――自分のほうへ引き寄せようとする。時間－幅である時間に向かって、場合によっては車や列車で走る。何も期待するところのない、あるいはわずかだけ、あるいは非本質的なものしか期待できないでいる者、深い泉を湛える過去(16)へと足を踏み入れる者であれば、その場に静かに留まっている。そうした者は力なくへたり込み、ベッドのなかで胎児の姿勢をとり、目を閉じる。過去にあって生だったもの、世界だったもの、空間だったもの、けれどいまでは時間でしかないもの、これを骨折り損と知りながら自分自身のなかに求めるのだ。自分が老いていると感じる、あるいは老いつつあると感じるだけでも、身体のなかと、端的に魂とでも人が呼ぶだろうところに時間をもつということだ。若いこと、それは身体を時間のなかへと投げ出すことだ、ただそれは時間などではなくて生であり世界であり空間であるのだが。

沈んだ調子でAはつぶやく。ぼくが左岸を出て世界へと身を投げ入れてから、まださほど経っていない、たった二十年程度だ、この歳月がわずかな期間だと気づくと心臓が飛び出るほどぎょっとする。鏡が映してくれる額の皺などそもそもぼくにとってどうということはない、だってぼくはこの皺をとおしてこの皺とともに、生き終えた二十年のあいだに見てきた鏡に映ったすべての自分の姿を見ているのだから。けれどあと二十年したらぼくはもうこの世にいないだろう。ぼくのまえにある世界のなんとわずかなことか！　《時間》と呼ばれているものが自分のまえにあると信ずる人は、実際は空間のなかへと歩みでるよう、自らを外化するよう定められているのを承知している。自分の裡に生をもつ、とはすなわち真の時間をもつ人は、回想という内化の詐術で良しとせざるをえない。彼に向かってやってくるのは死だ。死は彼を空間からすっかり取り去り、彼自身および彼の身体の残りを非空間化する。彼から世界と生を奪い、世界から彼と彼の空間を剝奪するだろう。そのため彼は老いゆく者として、時間でしかない。だが時間である者、時間を所有する者、時間を認識する者として、まるごと時間なのだ。

　けれど、生とはそもそも死に向かう存在ではないのか。それもまさしく、時間が死を熟させるにちがいなく、その点で時間の純粋な時間性が一目瞭然となるのだから、人間の本来の次元はまさしく時間としての未来なのではないか？　そうであり、かつそうでない。そしてこの問いへの答えにふさわしい肯定と否定にあっては、否定のほうが肯定よりも重きをなす。死を待つ、そこでそれゆえに時間のなかにある――これでは充分でなさそうだ。なぜなら私が待つときにはいつも、その到来、将来が私の待っている時間を満たすなにものかがあるからだ。こうして若者は待つ。愛する女性を、見たいと思っている風景を、自分のものとして企てている仕事を。しかし期待の到達点として死が介在するとき、老いゆく者にとってこの死が期待されるべきものとしてよりいっそう現実性をもった内実を日ごとに獲得し、それに対して待つことへの別な報酬は無意味になってしまうとき、そのようなときには〈未来に向けた時間〉についてもはや語られないだろう。なぜなら、私たちが期待する死は、なにものかではないからだ。死はなにものかであることいっさいの否定なのだ。死を待つとは、〈死に向かってある〉ことではない、死は無なのだから。時間の次元としての私たちの未来を死は救ってくれない。正反対だ。死のまったき否定性を通じて、死の意味する（意味についてまだ語りうるかぎりにおいてであり、それが許されるのは限定的にでしかない）完璧にして取り消すことのできない崩壊を通じて、死はいかなる未来の意義をも取り消す。死とは、大鎌と砂時計を手に私たちを連れ戻す——いったいどこに？——死神[17]ではない。死とは、私の非空間化という、このうえなく字義どおりの意味での私の〈絶無-化[18]〉という、その裡で矛盾した出来事なのだ。

その全体規模において時間が不可逆であると経験するのもまた、老いゆく人間にしてはじめてになる。《人生の秋》などとも言われる——愛すべき隠喩だ！　秋だって？　秋のあとには冬がつづかなくてはならず、そのあとにはふたたび春、そして夏がつづく。しかし老いゆく者にとって人生の秋は最後の秋であり、これをもってもはや秋はない。若者にとっては時間が反転できなくとも、さほどまでに無慈悲であるわけではない。秋、冬、春、夏、そしてふたたび秋が来る。彼のまえにはそのような四季の移り変わりがまだ数多くある。この春に到来しそうもなかったことは、次の春、その次の春に起こるだろう。客観的には容易に数えられる、しかし主観的には実に無数に見える、世界と空間を甦らせてくれるどこかの春には起こるだろう。老いゆく者は小心翼々とした正確さで秋や冬の数をいちどきに数えられるようになる。というのもそれらを、過ぎ去り自分のなかに入り込んだ秋や冬と比べるからだ。そうした老いゆく者にしてはじめて、時が過ぎ去ることを不可逆であると理解する(19)――嘆くにもおそろしすぎる、かくも多くが滑りゆき、はや流れ去ってしまったとは(20)。

自分は時間でしかなくまもなく空間から取り除かれると理解するとき、老いゆく者には最大にしてもっとも魅惑的な幻想である宗教のほかにも、幻想上の慰めがいくつかある。Aは――プルーストは――、喘息に苦しめられながら、目張りをした部屋のベッドで毛織りの襟巻きにくるまれ小さな字で『失われた時を求めて』を書き記していたときに考えた、回想のなかでならより現実的な現実を、そしてそれと同時に時間を超えたような、あるいはむしろ永遠のようななにかを所有できるのではないか、と。そのようななかから大作が生まれた。けれどもこの作品は彼にとって、息をひきとり苦痛の世界から逃れるにいたったとき、もはや何の役にも立たないかのようだった。自分のあとにある空間がどのようになっているかをのぞき込む人びともいる。そこには家が一軒あり、子どもたち、孫たちが動き回っているだろう。墓石がひとつ、灰色でどっしりと、自分のことを証言してくれるだろう。書棚には自分の書籍が並んでいる、あるいは美術館の壁に自分の絵画がかけられている。けれども家は崩落するだろうし、孫たちはちりぢりになり、書籍や絵画はすぐに忘れられるだろう。パリのペール・ラシェーズ墓地(21)に、荒廃して崩れかけている、鼠の巣くった霊廟がある。そこには色褪せた金文字でこう記されている。《永代墓所》——永遠に買い上げられた地所——と。ブルジョワの財産が少なくとも擬似永遠を空間のなかに取得できるかのように。家屋敷、書籍、絵画に墓石、すべてが、故人の送った愛と苦悩の夜夜のようになるだろう。まるでなかったかに等しく。

老いゆくなかで時間が過ぎ去るのをもっとも強く認めるのは挫折者、あらゆる幻想を接収された《敗残者》かもしれない。不成功と呼ばれている事態、世界への失敗と称したほうがふさわしいかもしれない事態によって概して人間には究極の問いが明かされるのと同様だ。カフェにぽつねんといる《敗残者》A、子どもをもたず、死後の名声という蜃気楼を要求することも許されず、墓を建ててもらえることもないだろうし、遺言をしたためる必要すらなく、それどころか自身の遺骸を解剖学研究所に売るのがいちばんと計算している——彼は自身が時間の束であるのを誰よりも根本的に心得ている。彼は《世界に身を投げ入れ》ても何も生じなかったときからもうずっと、ごくわずかしか空間を所有していなかった。彼は過去の泉に身を滑りこませ、そこで時間のなかに自分自身を探すのに馴れている。大型車と多数の部屋をもつ隣人は、いましがたまで騒音をたてつづけた挙げ句、あたかも肉屋の鉤につるされたかのようにある日胸の痛みが彼を引き裂く。そして医者は彼の妻に声をひそめて心筋梗塞を告げる。時間について考えるだけの時間をまだ見つけようとしないうちに、彼は空間から連れ出される。それに対して老いゆく敗残者は自分がどこに到着したのかを知っており、未来に向けて空間内で役立つ洞察という意味ではおそらく《認識して》いないにしても、彼は経験ならばしている——隣家の騒々しい男よりも。

私たちがここで述べている事柄は人間についての正確さ——真理ではなく！——に近づいている。つまり、時間とその不可逆性は老いゆく者によってはじめて完全に理解される、という点に。これを裏づけてくれるのが、初老の者が抱く切なると同時に見込みのない、時間の反転への願望だ。起きたことを起きていないことに、起きていないことを生じたことにしたい、という。Aは悔いる。これをしておけば、あれはしないでおけばよかったと。とはいえ、行為したこともしなかったこともはや取り消せないと、彼は理解せざるをえない。かつて自分の生に与えた意味や価値を彼はもはや認めていないためいまならば与えたいと思う意味と価値があるものの、それを過ぎ去った生に授けることはできない。レジスタンスが革命になるのを待望したりせずに、一九四五年以後の歳月にあって仕事に集中し自分の言語を彫琢しておく、それだけをしておけばよかったのかもしれない。けれどいまとなっては遅すぎる。彼の生の意味、彼がこれを厳密に見るとすれば無意味なのだが、それはすでに彼のなかで時間の塊として蓄積され、かつての可能性は現実にすっかり浸され、係わりあうべき実体はもはや形成できない。彼は悔いる、怠けてしまったのを。彼は空費をしてしまったのであり、目を向けるところ、壁には書かれている。二度とない、と。

こうした悔いる気持ちと、留保なしに全面的に信じたいと思っていないながらも確信しているこの《二度とない》は、死の不安という根本原因によるのかもしれない。死は私たちを空間から連れ出すだけではなく、私たちのなかで層をなす時間をも破壊するため、絶望にありながらそれでもつねに一縷の不条理な希望を含んだ悔いなどもはやいっさい存しえず、時間を反転させようという渇望も時間とともに消え失せるしかないからだ。《時間がその歩みを反転させてくれるよう――私たちが二十年前にそうだった私たちであるよう――私たちが先週にいられるよう――私たちが昨日にいられるよう！》、こうベランジェ王とマリー王妃は言う。けれど時間は反転しない――そして王は死にゆく。[22] 老いゆく者が自身を老いゆく者であると決定的に認識するならば、時間が不可逆であることをそれだけつぶさに経験し、それだけ絶望的に時間に抗して戦い、そして同時にかつ同調子でそれだけ親密に時間と結ばれる。時間とは、彼がいまだにそうであるすべてだ。彼は自分自身から離れられないのと同様に時間からも離れられない。とはいうものの、彼は時間も自分も失うだろうとは承知している。明日になるか、一年後になるか、五年、十年後になるか、それはもう問題ではない。

老いゆく人間とは、と私たちは述べた、ひと束の時間ないし層をなす塊の時間であると。だがこれは、彼がその束を好きなように分けほどいたりふたたびまとめたりできる、さまざまな層に触れて確かめられる、時間を支配できる、ということではない。精神科医の教えるところによれば、精神病者は空間と時間のなかで方向感覚を失っている。空間に関してはおそらく実際に精神を損ねている者たちだけに起こりうること、これが健常者たちにとっても時間のなかでの存在の指標なのだ。老いゆく者が時間のなかへと身を沈めるとき、まるで水が岩から岩へと打ちやられるごとく、不確かなもののなかへと落ちてゆく(23)。彼は過去を、物理的時間の一覧表から多少なりとも確信をもって読み取ることができる。いつもうまくゆくとはかぎらないし、それが五年まえだったか四年まえだったかしっかりと自信をもてないこともしばしばで、年月日を含めて話をするのは躊躇されもするのだが。しかしより重要であるのは、時間を列挙して相手に伝えるため必要とされる枠組みなど彼にとってほとんどどうでもよく、《五年まえ》を《十五年まえ》と変わらずに感じており、個々の時間の層は彼にとってその固有の重みを変動させるが、そのような変動は時代順に並べられた年表とはなんら関係ない点だ。その意味で、自分の時間を発見した者はまったく非歴史的に生きている。

ゲルマント大公の邸宅で時間を再発見したとAが思ったとき、思い出すさまざまな出来事は彼にとって決して時代順の秩序などもっていなかった。ベッドのうえに身をかがめた母の顔、スワンが訪問してくるときに庭の鉄扉を叩く音、ドンシエールでのサン＝ルーとのひと晩、マドレーヌの味、そして公爵夫人オリアーヌの衣裳への思い出、それらは強度によって区別されたのであり、出来事の後先など彼には重要とならなかった。私たち皆と同じにAは時間のなかで道に迷っていた。間隔、日、週、年など彼にはまったくどうでもよかった。晩禱のために踵を返すハイスターバッハの修道士にとって、他の修道士たちの過ごした時間が関係ないように[24]。彼がふたたび見いだした時間には時代順の構造などなく、まさに生きられた時間に過ぎず、それゆえ伝記的に確定された日付に左右されなかった。そこで彼は時間を生き終えた事柄の強度に求めたが、それはそれで時間のなかで時間とともに変動した。空間から取り除かれるまえからすでに彼は、空間の拡がりや現在与えられている世界からすら踏み出ていた。彼の述べていたところでは、この世界を以前は《偽りの感覚》を通してしか見ていなかったのだ。時間となるために、彼自身になるために、彼は世界を断念した。彼は、時間として彼の裡に層をなすものを内化して回想に付した。なぜなら彼は疲れすぎていたため、自分を外化する気にもならなかったからだ。彼は死に対して不安を抱いているだけだった。というのも死は身体を空間から取り去るばかりではなく、この肉体から時間すらもが撤退するからだ。《人の集まりのなか》での生、つまり現象的な場としての世界であると同時に《優雅な社交界》としての世界を意味するこの世にあっては彼に所有権の認められていなかった自己を、そこでは彼ひとりで発見できた、そんな生きぬかれた時間もが撤退してしまうのだ。

Aはくり返し自分を内化し回想した。言い換えるなら、回想することで彼自身となった。〈失われた時を求める〉ことについて彼が書きとめるとき私たちに伝えなかった点、それは、回想の数々がすっかり色褪せ、自分自身を求める意欲や力をまったくもたない、そうした人物ですら自らのうちで重苦しく感ずる、そんな時間だ。――老いゆく者――老人、それどころか朦朧と日々をどうにか過ごすばかりのごく高齢の者は言うにおよばず――は、回想しつつ時間を探らなくとも、幾層もの時間の重みを感ずる。彼のなかには――そしてこれはおそらく体力減退や身体の苦痛増大のためだけではない――時間を自身の裡に抱えているという感情がつねにある。そこで回想を通じてはじめて過去を現実化する必要などないのだ。回想などいっさい行なわなくとも〈時間が過ぎ去ったこと〉は純粋な感情、無媒介にして伝達不可能な質としてそこにある。この質についてなにも語らずにいるわけにゆかないのだから、言語によってそれを象徴化するにあたって私たちは空間の世界から隠喩を取り寄せなくてはならない。時間の重みは、時間を具現化する出来事をごくわずかしか回想しない者にも伏在している。こうして時間は純粋な時間になる。もしくは、私たちには空間性の直観形式である《外的感覚》よりも本来的な《内的感覚》の現在性になる。

空間とは、私が空間的直観形式を通じて所有する私の空間でもある、と同時につねに他者の空間でもある。つまり相互主観的に把握可能な現象だ。空間に無媒介的なものはなく、生きられた空間と計量可能な科学的空間とのあいだに基準の相違はない。それに対して私の時間とは、それをどんなに人に伝えたくとも私はひとりで係わる。そこで時間感覚には、空間感覚がもつのとはまったく比較できない劇的な緊張がある。

私たちのよく知っているひとりのAが、六か月間薄暗い独房に繋がれていた。彼は空間をもたなかった。独房がごく狭く灯りもわずかだったせいでもあるし、繋がれて身動きが取れなかったせいでもある。長いあいだのうちに彼は適応し、世界から引き離された事実にいったん甘んじてしまったあとは、空間が彼から失せることはなかった。しかしそれだけ存在の密度が濃厚になって生きられた時間が出現したのだが、その時間は彼のなかで一分刻み一秒刻みに過去となった。そのため一時間まえにとったスープだけの食事が、いま思い出した子ども時代の体験と同じように彼から遠ざかっていた。それ以前にすでに彼は空間を半ば奪われていたので、一定条件下では生きられた時間が世界の肩代わりをせざるをえないのを、突如として決定的に発見した。生きられた時間は全面的に彼の所有物にして彼本来のものだったのに対して、世界にはつねに愚弄されていたのだから。期待され企てられていた自己実現にあっては、世界に自分の刻印を残せるという希望を人は抱く。だがそうしたところで、どのような刻印も別な刻印によって消されてしまうのが判明する。期待されていた意志は自己になることにも世界を所有することにもいたらない。その意志とは、私たちを圧倒する他者の力に息も絶え絶えに身を委ねることにすぎない。

　結局Aは独房で、空間と時間のなかに現存することについて考えをめぐらすうちにぶつかった多くの逆説や不条理のもとで、それ以外のあらゆる曖昧さや矛盾を含みもつひとつの重大な点を摑むにいたった。〈世界のなかにいる〉、空間の世界へと〈身を投げ出す〉、そこにあって自己はまだなく、自己とは世界との戦いのなか、そして世界との情愛こめた戯れのなかでのみはじめて成立しようとするということ、自己がすでに濃縮したところでは、自己とは凝固した時間、世界なき時間であって、漠然とした〈時間のなかの自己〉は不活性な悲哀と諦念という感情の質をもつということ、さらに、〈世界のなかの自己〉と〈時間のなかの自己〉の両者とも現実ではありえないこと、これを摑むにいたったのだ。

　そしてそれにもかかわらず誰もが、いまだ空間のなかにあり時間を自身の裡に抱えているかぎり、現実的であり現実の一部である。現存することと時間が過ぎ去ることについて考えをめぐらしてもそれはあまりに骨折りであって無益であるとあらかじめ運命づけられている。それをつづけた果てに私たちが狂気に、あるいは自殺に追い込まれたときはじめて、物狂いや自己破壊という不条理のなかでついにはもろもろの矛盾が解消されている。そのため独房のなかのAは、死に脅かされていた独房監禁の時間について後に語り合った同志たちとは気持ちが異なっていた。彼らの多くは、世界に身を投げ入れたいという願いに尽きる希望を手放さなかった。Aはさしたる不安を抱きもせず、予期された終末を待ち受けた。彼が勇敢だったからではない——彼は勇敢などではなかった——、思案のあまり疲れ果ててしまったというだけだ。コルク張りの部屋で仕事にかかるため、ゲルマント大公邸での午餐会を去るときの客のように。思案を重ねると、考え出されるべき内容がどうしても考えぬかれない、それどころかほとんど考えがおよびもしないため、思いわずらうことになってしまうのが必定なのだ。誰だって現実的であり現実のなかにいる、というのも誰もがそのように言い、自身を現実に信じている者として、現実に信じられている世界に向かって行動しているのだから、そんな言い方にいったん甘んじなかった者、反抗をいったん開始した者は、もはや順応しない。彼は考えられないことを考えようと望むのだから、世界の、ひいては自分自身の笑いものとならざるをえない。彼は苦境にあり、彼に残されているのは苦痛を和らげることだけだ。Aにとって失われた時の遅ればせながらの探求がそうだったように。

とはいうものの苦痛を和らげるのが必要になるのは、時間が過ぎ去るなかでの私たちの現存の無意味さによって現に狂気の際まで追いやられている者だけだ。狂気とは、私たちに向けられるすべての問いのなかで最大の見せかけの問いであると同時にもっとも苦しめる存在の問いに対する、唯一の答えであるのかもしれない。物思いをするあまりに思いわずらいへ、そして思いわずらいから無意味な思いわずらいへ、と必ずいたる探索をはじめない者は、時間と現実のなかで普通人として生きる。彼はなだめられたすえに平衡状態に入る。その状態は少しのことで破壊されかねないが、しかしたいていは一種の精神的な細胞再生によって回復されているのだ。彼は死と狂気のあいだで均衡をとっている。そこでは、空間化され時代順にならぶ時間と生きられている時間が、おおまかには同じ重みをもっている。そして自己防衛としての脳の惰性が働いている。自分には《自然な時間感覚》がある、と彼は言うかもしれない。それが健全な感覚とその存続力を保証するのだと。

これによって彼は、思考作業の危険地帯から慣習の安逸へと退却するだけなのか？　たしかに彼が自らの裡に向けて耳を傾けないときには、まるでその事情に精通しているかのように流暢に時間について語る。あした十二時にお会いしましょう、一年前にロワール城を訪れました、歯科医院で待つのは退屈で時間を奪われる、といった具合だ。社会生活は彼に時計を所持し、予定を手帳に書き込み、ドーヴァー海峡を渡る船の予定日指定席を予約するよう強いる。思考の自由という安らぎのなかで彼は、自分が要求するような過去、現在、未来を所有する。彼は職務を果たさなくてはならないからだ。彼の疑っていないまさに《自然な時間感覚》、彼はこれを楯に取っており、それが確実であるという点で自分は無意味に思いわずらう者に優っていると認めるのだが、それはしかし、安逸さや職務上必要な法則に服するということとは、やはりどこか異なるのかもしれない。それはむしろ、実際に《自然》と関連しているのだと彼は論ずるかもしれない。そしてそれは、物理学的‐数学的秩序をもった、現実科学によって抽出された自然だけではなく、生きられた自然、私たちに馴染みの概念を変えて言うなら〈ナチュール・ヴェキュ（nature vécue）〉なのだ。

　なぜなら彼は生きているのだから。彼には傷口があると仮定してみよう。これがなかなかふさがってくれない。化膿し痛みをともなうため、まずもって彼はこの傷口のことを身体に対する空間的外部からの攻撃と感じる。彼が自分の身体を完全に所有するのは、身体を所有していないとき、すなわち身体に気づいていないときだけなのだ。しかしやがて治癒がはじまる。炎症との戦いに彼の器官は勝利し、傷口はふさがる――いま突如として、負傷を消し去るのは時間なのだ。新たな組織によってふさがれた傷は過ぎ去ってゆく日ごとに、いっそう生きられた時間であると同時に生きられた自然となってゆく――時間が勝利をおさめる日まで。その暁には時間のおかげで――時間はすべての傷口を癒やすなどと言われるものの、実際に時間がそうしているわけではないのだが――この怪我はもはや存していない。傷口は傷跡となった、時間によってけりがつけられて。そしていまやもうそれ自体時間でもなければ空間的外部でもなく、もはや痛みを感じていない、世界に属する身体の単なる一部なのだ。

こうしてみるとやはり、操作上必要な慣習を越えた自然な時間感覚のようななにものかが実際にあるようだ。しかし時間について考えをめぐらすことは自然ではなく、またそうであると主張するものでもない。これは、不安によって安らぎを奪われているためもはや自らの裡に安らえない、ひどく驚駭した人間の営みなのだ。そのとき彼は自分を見限ることで自らを見いだそうとしており、時間の秘密が老いゆく彼をある日うろたえさせその平安をかき乱したがため、その時間のなかに自らを見いだそうとする。こうなるのは、彼にとっても誰にとっても、どんなに快癒しようとも皮膚組織がもはや新しくならないような最後の傷があるのだから、いかなる傷口の治癒も彼は欺瞞としか認めなかった、そのためなのか？　こうなるのは、時間と空間のなかに彼は現存している、それなのに近づきつつあるいつの日にかはもう現存していない、この事実に彼が甘んじられないからなのだろうか？　自分のなかにすでに蓄積した時間について考えをめぐらすわずかなあいだでしかなくとも、驚駭に身を任せた人間は、まだしばらくは留まる猶予が与えられているかもしれない空間から、すでに少なくとも半ばは去っていた。彼の時間があっという間に過ぎ去ってゆくあいだ、彼は時間の被造物にすぎない。彼は言う、私は、と。そして彼は思う、私の時間、と。すると彼は他の人びとに対してますますよそよそしくなる――無造作に時間が刻まれるままにさせている人びとに、ともにまた、よく働く自身の精神がもつ秩序を鋭敏な頭で時間に強いる人びとに。

自身によそよそしくなる

数週間まえからAは朝、化粧室で鏡のまえに立つと、瞼に黄ばんだ小さな肌の結節や泡立ちがあるのを認めるようになっている。それ以上の痛痒はなく、指で触れても痛みはせず、どうやら害はないと見てよさそうではある。ただ単にそこにあるというだけで決してとりたてて醜くもなく、他の人からことさら指摘されてはじめて気づく程度にしか不恰好でない。けれども彼女、Aにとっては、近年生じたいくつもの不安に新しい不安が付け加わる。狼狽するほどではないが、それでも微かに神経に障る、悩ましい不安が。自分でも腹立たしくなるほど頻繁に読みふけることのある手もとの家庭医学書で彼女は調べてみた。それによれば彼女は黄色腫《クサンテラスマ》に罹っていた。一定物質、とりわけてそうでなくとも人から嫌われているコレステロールが有機体内で次第に増加していると推定され、その沈着によってこれは引き起こされている。クサンテラスマという響きからはやはり一瞬クサンティッペが連想され、(1) Aの不快感は増大した。ソクラテスの妻に寄せられた口やかましい気質という風評が不当であるのは彼女も承知していたのだが。

　五十代のAはそこで、黄ばんだしみのため、たいして面白がりもせずにクサンティッペを自称し、鏡のまえで練習する。自分によそよそしくなると同時に自分を獲得するという不明瞭な事態、つまり、黄色いしみができて、いささか誇張して彼女も述べることがあるように、《汚辱された》目でガラス面から彼女を見ている自己、これに対する反感、よりふさわしくは、その自己に対する抵抗、こうした事態について思い悩み、解明しようという務めを練習するのだ。思考作業の訓練を受けていない彼女が、悄然とさせられるとともに新たな敵意によっていきり立ち、とりあえずの助けを求めるのも合点がゆく。どうひねくり回したところで問題となっているのは代謝の不全、すなわち老化現象であり、未知の友人に彼女は助言を求める。この友人は《事態の力》、つまり状況の強制について——ドイツ語では《事態の進行》と不正確な訳になっている——、とくに老境の強制について詳細かつみごとに書き記していた(2)。《顔として私に仕えている信じがたい代物から、私はしばしば愕然として離れられなくなる》と友人は書いていた、《鏡に映った自分の姿を私は憎む。目に被さる帽子、その下には頬袋、あまりにまるまるとした顔、そして口の周りには皺に由来するこの悲哀。以前からついている自分の頭を見る。それがいまでは膿疱に見舞われ、それが消えることはないだろう(3)。》Aはつぶやく、かわいそうなシモーヌ、私みたいにクサンティッペになっていないのに悩んでいて。——けれど心から同情しているとはいえ、それでも友人に対して不満がまったくないわけではない。というのも、彼女自身と同じように友人も嘆いてはいたが、その嘆いている内容、嘆かれるべき事柄の向こう側ないし下方で、さらに何が起こっているのかを記述していなかったからだ。重要なのはその点のはずだ。

かなり以前から、それも瞼に黄色いしみが現れるまえから毎朝鏡のまえでAを襲う微かに神経に障る痛み、その根底には何があるのだろうか？　いちばん深い層には恐怖があるのかもしれない。これはさしあたりのところまだ、老い、そしてそれに起因する器官の劣化とはなんら関係ない。それは自己に対する心の底からの驚愕なのだ。この自己をAは観察できる、それも鏡のなかだけではなく同時に手でも触れられるので、不気味なことであるが自分に触れている手は〈感じる手〉にもなっているため、同時に非‐自己である、そこでいつだって、若いころにあっても知悉しつくしていたものが、異物として私たちのまえに立ち現れているのだ。しかしながら私たち人間の根本状態の一部であるこの戦慄よりも日常性のほうが優っており――（新しい口紅は明るい色か暗い色か、流行の髪型は膨らませすぎではないか、この首飾りは心持ち無遠慮に過ぎるのではないか？）――、そのためなんとか心の平静を保って鏡から遠ざかり、一日に立ち向かえるのだ。けれども老いゆく人間という存在が、自分の老いの痕跡を追いながら鏡に映った姿から離れないとき、日常の薄い層は破られる。そのとき出し抜けに驚駭に襲われ、私たちが自己と非‐自己であり、非‐自己である自己としていつもながらの自己を疑問視することにもなる。

しかしもしかしたなら《恐怖》や《驚駭》をもっての、大仰な劇的身振りをもっての大々的な反撃はまだ控えておくべきなのかもしれない。大仰な劇的身振りなど老いゆく者にとっては、そう言いたければ形而上学的にはよりたわいない、だからといって苦しさがたわいないわけではない別種の不興にまもなく取って代わられ、そこに解消されてしまうものだ。Aの目は黄ばんだ肌の膨らみに釘付けとなり、もはや自分を好きになれず、自分の顔としていま仕えなくてはならないものがぞっとするような代物となってしまったと、かの友人の口真似をするかもしれない――自己憎悪だろうか？　そう理解するなら過大評価だ。なぜなら自己憎悪はつねに道徳的な質をもっており、これを萎びた肌への反感にまで拡張すること、溶性物質を徐々に失う結果ついには溶解しにくい基質が優勢となっている組織の細胞にまで拡張することはできないのだ。自分に対するおぞましい思いか？　これも違う。なぜならば、黄色腫と萎びてゆく肌はそもそもおぞましく感じられるのをAは知っており、自分が以前に他者の老耄に面したとき感じた反感をもなんとなく思い出しているのかもしれない、とはいうもののこの知識は彼女にとって本質的に外からのもの、彼女の黄色いしみなど見知らぬ人のそれであるような世界からのものである、それに対してこの代物は彼女にとって、たとえ外科医に除去してもらうのを彼女が検討していようとも（ちなみにそうした手術費用はどれだけかかるのだろう？　有能な専門家がすぐに見つかるだろうか？）、彼女のしみ、本来からの自身のものであり、物質代謝による自身の排泄物に対してと同様にさほどのおぞましい気持ちが湧き起こりはしないからだ。羞恥だろうか？　そうかもしれない。むろんのこと、すべての女性に男性、若者に老いゆく者が、萎びつつある肌、瞼に柔らかい変色した結節をもって世のなかを歩くというのは想定されうる。そのように考えるなら万人が万人を憎むなど不可能なのだから、そのたぐいはもはや醜悪などではないはずではある。

だがやはりそうではなく、自己倦怠――生への倦怠という表現に合わせたもので、生への倦怠といった場合、ときとして自殺にも通ずるとはいえ、決して完全な生への憎悪、生へのおぞましい気持ちではなく、むしろつねに生への願望、もしくはこの生が私たちに拒んでいる一定の生の形式への願望なのだ――自己倦怠、これだ！

毎朝の儀式となった鏡の実験をより頻繁にくり返すにつけAは、この自己倦怠には自ら認めることのない自己満足が併行しているのを発見する。というのも、もう長いことこれに耐えてきたという誇りのような気持ちが生ずるからだ。そのとき倦怠感に深く浸されながらも、罅《ひび》割れた肌は彼女にとって勇敢な兵士の負った数々の傷痕のようなものなのだ。老いゆく者の自らの身体に対してもつ関係は、自己愛的な関係だ。ただし鏡に映った像への恋情とは、もはや一義的な愛ではなく、倦怠が倦怠そのものを愛し、愛が愛に深く倦怠している、まさに倦怠－愛ではあるのだが。

同じ立場にあるなら不明瞭な事態を明らかにしたいと彼女と同様望む誰ものように、Aは両義性に唖然とする――それを彼女は、友人の言葉でもって〈曖昧さ《アンビギュイテ》〉と呼ぶほうを好む――ここに入り込んでいる彼女には、いつか一義化に与する機会はない。なぜならば、あからさまなアポリアにいたるほどに両義的であるのは、鏡をまえにした自己倦怠と自己満足という事実だけではないからだ。自己疎外と自己信頼の不協和もまた彼女の生全体の不協和音となって彼女を悩ませている。

彼女は自分によそよそしくなった、たしかにそうだ。朝の儀式の折に彼女が見ているもの、それは、彼女の若かりし日々、そしてもっと後の盛んだった日々から引きずってきた外的な自己とは接点がないか、あるにしてもごくわずかにすぎない。なぜなら、はるか上面の意識層で彼女は、自分が《若いと感じている》とあいかわらずつぶやいているかもしれないからだ。手紙の封筒に記された自分の名前を読むとき、いまだ老いていないひとりの女性が連想される。例の友人の書物に当たってみると、そこにはこう書かれている。《どこかに〈シモーヌ・ド・ボーヴォワール〉と印刷されているのを読むとき、私に向けて語られているのは、私であるところの若い女性についてなのだ……。(4)》彼女の場合にはこうであって、別なかたちではない。そして倦怠の最大の構成要素はもしかするならば、まさにこの自己疎外、長年連れ立ってきた若い自己と鏡に映った老いゆく女性である自己とのこの不一致なのだ。しかし、彼女が鏡のまえで辛抱強く我慢をして、見知らぬ女性の怒りにすぎないかもしれない怒りにまかせて鏡面から顔を背けさえしなければ、呼吸の反復、時の刻みが同じ具合でも彼女にとって明白になることがある。黄色いしみや輝きを失った目ともども、以前に比して自らに対して彼女はより近く、倦怠を覚えるほどにより悲しくより親密になっている、そして鏡に映るよそよそしくなった姿のまえで、よりいっそう重苦しく彼女自身になるよう運命づけられている、と。——友人は記していた。《かつては自分の容姿を気にかけることなどほとんどなかったように思う。食べることに満ち足りた健康な人びとは自分の胃など忘れているように。不満を覚えずに自分の顔を熟視できていたうちは顔など忘れていた。それは自明のものだった。モウダメ、ワタシハジブンノカオガキライ。[5]》それに対してAは友人とは異なり、あるいは少なくとも友人がこれを記述したのとは異なり、自身の顔を嫌っただけではない、自分の顔がよそよそしくなっただけではないのを承知している。というのも、かつて不満など抱かずに見ることのできたこの顔貌が自明なものだったとき、それを《忘れる》ことのできたとき——そもそもその顔は彼女にとって存在していたのか？　自分の顔は彼女が属し、かつ彼女に属していた世界の一部、矛盾も〈曖昧さ《アンビギュイテ》〉もなく自己であると同時に世界でもあった、自分自身とまだよそよそしくなっていなかったため自らを疑わなかった、そんな自己の部分だった。ときとして見分けのつかないほどに思われる変貌をとげたいまにしてようやく、すでに世界から追い出されているがためもはや世界に向けられていないよそよそしい顔貌が、全面的に彼女の顔貌である。自己疎外と自己化が緊密に絡み合った状態、それが極端になれば自己愛に浸った憂鬱にもなるだろうが、これが老いゆく誰ものこうむる根本体験だ。鏡のまえで辛抱強く我慢する忍耐だけをもち、黄色いしみや脱水に気圧されないよう気力を振りしぼり、他者の型どおりの判断を内面化しそれに服することのない、そのような老いゆく誰もの根本体験なのだ。――Ａはまだ当分のあいだ鏡の儀式を実行してゆくだろう、自分が空間から取り除かれる、そうでなければ単に、老いゆく女性が老女になりおおせる、その日まで。老女になった暁にはもはや若き日々の自己は保たれておらず、かつての自分の顔貌を写真帳のなかに探さなくてはならない。

　老いの〈曖昧さ《アンビギュイテ》〉、Ａが発見し適応してみせているのはこれであって、鏡のまえでの自己探求という事態にとどまらない。老いゆく人間の、女性の、男性の自分の身体への態度は、どのような境遇にあっても両義的だ。老いとは老いゆく者にとって《通常状態》ではないからだ。通常さとは客観的理解の問題で、それは老いにも死にも妥当する。死とは他人にしてみればやはりひとつの事実でしかなく、それ以外のなにものでもない。まだ体調良好である七十五歳の婦人がリューマチに苦しみ専門医を訪れた。怒り心頭に発した調子で、こんなものに以前はいささかも罹っていなかった、医者にはいい加減のところいますぐこれを体から取り去ってもらいたい、とくり返し彼女は説明した。男は茶化してみたくなり、こう述べた。奥様、いまでないならいったいいつでしたらリューマチもちになられるおつもりです？　婦人は冗談をまったく理解できなかった。自分は生のどの段階にあってもリューマチなんかに罹りたくない、そもそも老いていたいとも思っていないし、死ぬことも望んでいないのと同じに、と。老齢と死は他者にかかわる出来事なのだ。〈傍らにいる人間〉[6]が歳を取って死ぬぶんには、私たちは通常のことと考える。私たち自身、生と死の進行から自分を除外している。

社会的合意などに解消されない誰にとっても、すなわち世論などと言われながら決して世間一般の意見などではなくむしろさまざまな意見についての意見にすぎない世論を自らのものとしていない誰にとっても、リューマチが老婦人にとってそうだったように、老いは通常の過程ではない。なぜなら老いそのものが徹頭徹尾、病である、とはいえ治癒の望みなどかけられない疾患であるからだ。私たちもまた老いゆく人間として病気にかかり、その後医学的な意味で《健康》になるのはたしかだ。しかし老いゆくなかにあるなら快復後には、身体器官が描く螺旋のより下の点にいる自分を見ることになるのがつねだ。医者の所見がいかに満足できるものであろうと、それ以前にそうだったように健全には決してならない。私たちは今日、昨日そうであったよりもいくばくか健康を損ない、明日そうなっているだろうよりも心もち健康なのだ。老いとは不治の病だ[7]。そして老いとは患いであるのだから、生の任意の段階で私たちを襲うかもしれないなんらかの緊急の辛苦と同じような現象的法則に服する。そこで老いもまた私たちの身体に対して、特別な体調不良と同様な、親密さと異化を包み込む関係をつくり出す。というのも、老いによって私たちにもたらされる病の数は増すばかりで破壊力も増大の一途であるため、老いは全体として、そして身体が比較的健康な時期であっても、より軽度であろうが重度であろうがあらゆる罹病を特徴づける辛苦の性格をもつからだ。すでに行き着いてしまった老齢は諦念によって見くびられている。それに対して反乱をしようという気持ちがまだ許されている老いつつある過程にあって、私たちは自分の健康状態を意識する。

　そう、やはりなんといっても健康状態というものが感じられるのは、だいたいにおいていつも健康不全のときにかぎられている、これはさして元手のかからない真理だ。「調子が良い感じだ」と言う者は当然ながら、もうすでに調子が万全ではない。自分を若いと感じていると主張する男が、実際には若い男でありえないのと同様だ。自分について良いないし悪いと「感じる」人は、特段すばらしい状態ではない。本当に力が漲り身体の健康を確信して生きているなら、自分を「感じ」などしないからだ。そうした人は心ここにあらず、なのだ――ある偉大なドイツ人医師にして人間学者の著作で読めるように、「心あちら」に、つまり世界の事柄、世界の出来事のもとにあるのだ。私たちなりにつけ加えるなら、彼の一部であり彼のものである空間、彼の自己と分かちがたく融合している空間のなか、自分の外にいるのだ[8]。

　それに対して老いゆく者はますます世界を欠いた自己へと進む。彼は一部では、精神と身体のさまざまな回想によって集められた過去を通じて時間となる。また一部では、ますます彼自身の身体となる。その際に彼は――老いゆく者の多くが枯渇する姿の醜悪さについての世間的判断を受け容れたためにそうするように、たとえ彼が鏡に映った自分の像を避けようとも――鏡のまえの我らがAとまったく同類だ。つまり、いまや彼に対して自らの自己として現れる自分の身体を、彼は包被として、外的なもの、彼の身にまとわれたものとして感じると同時に、それでもやはり、自らにとってもっとも本来的なものとしても感じており、そこへとますます還元されてゆき、よりいっそうの注意を向けることになるのだ。

私たちは鏡を回避することもあろう。それでも血管の浮き出た両手、たるんで皺だらけの腹、ペディキュアを施したところで厚みを帯び罅割れた足爪、それらが見えてしまうのを阻めない。たとえ目が見えなくとも自分の身体から逃げられないし、剝離する鱗状の肌に触れるとき、いかに強くそれを願おうとも肌を脱ぎ捨てるわけにゆかない。サルトルが述べたように《なおざりにされるもの》[9]であった、自らを理解しないことによって理解していた身体――この身体が私たちにもはや世界を媒介してくれず、呼吸の困難や足の痛み、関節炎の苦しみによって私たちを世界と空間から遮断して、それは私たちの牢獄となり、しかしまた私たちの最後の宿りとなる。身体は包被となる――老いゆく誰でも自分の肉体に起こることをよく考えるなら、《死すべき包被》[10]という単語が思い浮かぶだろう――が、他方で思考の息づかいの同じあいだにあって、きわめてはっきりとした人間としての確かさになる。なぜならば、結局のところ正しいと認められるのはいつだってそれ〔身体〕なのだから。

以前は私たちの自己の部分であり自己の持ち分としての世界だったものが、枯渇する身体とともに、そして枯渇する身体によって収縮する。もっと悪いことに、それは私たち自身の明快な否定となる。

もう何年もまえからAは、かつて風景感情と呼んでいたものが冷めつつあることに不安を覚えている。以前は愛していた山、渓谷、森、それらがいまや彼にとって、迎え入れてもらえなかったお仲間であるのだ。審美的に捉えられた風景としての自然に懐疑を向けるにあたり、彼にはそれなりに充分な理由があるだろう。森、渓谷、山、それらは、彼にしてみればいまだ記憶にあたらしい一時期に、ろくでもない詩想やもっとろくでもない政治に利用されてきた。当時《自然と結びついた》と自称して、がなり声で自然を讃える歌を歌った者たちは人間に敵意を抱いていた。(11)そこでAには、自然とは精神との関係にあっていかに悪しき悪魔的な原理であるかを、人生の若き厄介児に具体的に説明したセテンブリーニ氏(12)の側に立つだけのいわれもあるだろう。けれどもAにとって賢明な言葉を語るイタリア人の友は愛すべき文学的な思い出ではあるものの権威ではない、そこで少しまえ、とはいえ歴史的にはすでにとても遠いまえに、いかがわしい風景美学や自然の神秘化があったからということで、山の稜線、波打つ森の斜面への喜びを断つのがいかにばかげているか、よく知っている。

風景感情が消え失せ、風景へのはっきりとした不満へと反転してそれが強まっているのがどうしてなのか、これが彼にわかるまでだいぶ時間がかかった。自分の人格の一部として所有していた世界がこの人格を否定するようになっていったのを、彼は都市でよりも自然のなかで自覚するようになったのだ。

そもそも登ろうとするかぎりで難儀な山は、いまや彼の反‐自己だった。渓谷は心地良いものの蠅が飛び交っており、若いころにはなんら気にならなかったのがいまや腹立たしいまでに苛立たされ、そんな渓谷は彼の拡張願望を否定するものとなった。自分以外の人たちは山に登り、湖で水浴びをし、渓谷を散策していた。それが、彼ははじき出され、自身へと投げ戻されてしまっていた。風景の敵意、これをここでは隠喩として語っているだけではあるが、それにもかかわらずこれは《生きられた世界》にあってひとつの現実であり、意識に直接与えられている——この風景の敵意がAには、自分の人格への異議として意識された。彼は自然を避けはじめた。いままでは彼は自然からすっかり遠ざかり、自分を否定するようになった世界による挑発にもはやいつなんどきであろうと屈辱を味わわされない場所、つまり自分の部屋に引きこもる。友人たちが日曜日の遠足や田舎への逗留を促すなら、冷淡に謝絶する。相手が止むことなく力と優勢を増しているのに対して自分のほうはよりいっそう乏しくなっているとき、張り合ってみせても詮ないのだ。

理性的な科学的知見でもあれば、あるいは単純な日常的観察からだけでも、Aの例は個人的であるとわかりそうなものであり、医学のカテゴリーでなら、健康状態が不適格であるためスポーツないし準スポーツ的な行動に彼は専念できないと言われ、それ以外のいっさいは過度に洗練された戯言だということになるだろう。——それに、すでにだいぶ老齢に入った夫婦であってもかなりの距離を歩きとおし、そんな自身を《良好》であると、それどころか《若い》とすら感じているではないか？　と。たしかに、矍鑠《かくしゃく》たるお歴々はいるもので、世界と空間をまだ少しばかり動き回っている。この人はあの人よりもいささか加減が悪い。こちらはすでに四十五歳にして著しく老いており、学生時代の仲間すらほとんど見分けられないほどだ。あちらはもっとしっかりしており、六十歳の誕生日の際にすら知人たちにとって彼はまったく変わりなく、六十歳の若者を祝して乾杯がされる。こうした事情は当たり前ではある。とはいうものの、それとはかかわりなく、堅固な〈常識《コモン・センス》〉や医学的・客観主義的専門用語とかかずらわずに老いの本質を記述しようという試みにあっては、私たちの述べたこと、すなわち老いゆく者から世界が逃れるのみならず、世界はその敵対者となる、そして誰もが遅かれ早かれ、多かれ少なかれ身体の深刻な労苦に見舞われ、対等でない戦いを諦め撤退する、これは真実でありつづける。白旗を掲げて公然と退却する日、敵となった世界に対する完敗の日が誰にもやってくる——その日の予告している死がやってくるのと同様、確実に。

　老いの基本的精神状態というようなものがあるとすれば、難儀とか苦悩といった単語にほぼ集約できる。不治の患いではないかという漠然とした意識は難儀なものだ。そして、急性疾患のあと医学的な意味でならば治癒するかもしれないが、生きられた実感にあっては以前よりも具合悪い状態で病床から起き上がるだろうという確信は、たいていは全面的に認められるわけではないものの、どのみち実存空間をいっぱいにして、苦悩の種となる。この場合にあっても私たちには、自己疎外と自己信頼、自己倦怠と自己欲求の〈曖昧さ《アンビギュイテ》〉がつねにまつわりつく。言葉に出して思考する層では、まずは自己疎外、自己倦怠がつねに自己信頼、自己欲求を圧倒している。つまり、老いを通して老いを病む者は、鏡を見つめたりあるいは歩いたり走ったり登ったりする際に、世界が敵対者となっているのを、彼とそれ自身を担っている身体が彼のなかで重しとなりそれ自体重荷である〈物体としてのからだ《コルプス》〉になっているのをくり返し経験する、そしてそのとき、私はこうでなくてはいけないのか？　と自問するのだ。それに対して生きられたものというもっと深い位置では、いまだ語られていないところで自己の探求、自己への欲求が支配的なのだ。そこでは奇妙な出来事が進行している。老いゆく者は自分の身体によって世界を禁じられ、この身体、この肉体と係わる、それどころかしまいにはそれ以外の何ものでもない肉体になるよう、意地悪く肉体に強いられており、自分に被せられ、裡から脱がされる《死にゆく包被》を、いやおうなく外部と——そして迫りくる死を殺人と、感じざるをえない。

老いの過程での自己‐分裂は、その第一段階にあっては、精神的な自己が——ここで私たちが言わんとしているのは超越論的な自己ではなく、むしろただ単に、集積された時間から成り立ち回想によって同一性を保つ自己である――、とはすなわち、この意識の自我がいわば包被を脱ぎ捨てそれ自身に戻りたいと思っている、つまり回想を通して構成されたところの意識の自我になりたいと思っている、この点にある。精神的自己は、包被がそのように変えようとしている、自分の感情からすれば誤った自己に対して反抗する。ここで包被といってもむろん外的な包被にとどまらず、たとえば痛む胃や気に障る鼓動をする心臓といった内的な包被の要因からも成っている。そのときAは言うかもしれない、忌々しき屍《しかばね》よ、俺をそっとしておいてくれ！　と。――こうして彼は、内では煩いとなり、外では誰の眼にも明らかに彼を損なっているものから脱出していると考える。そして老いの過程が物質化と実体化の過程であるのは事実だ。日に日に物質代謝の機能が悪化することで有機体全体が燃え滓のごとくに化し、それは外的に認識できもすれば主観的にも感じられる。物理学の概念世界に敬意を表しつつも距離をとるならば、老いつつあるなかで身体はよりいっそう質量となり、よりいっそうエネルギーではなくなる、そう言っても差し支えないかもしれない。老いに病む者がどうしても自身のうちにそれとして感じるこの質量は、時間によって保存され時間のなかで構成されている古い自分に抵抗している、敵意に満ちた新しい自己であり、よそよそしく、正確な語義で言うところの不快感を催す自己だ。

　けれども私たちを内側から飲み込む不快感は、つねに以前のままの状態であるとはかぎらない。

古い自己は、たとえ時間の蓄積として存続し、それどころか絶え間なくいっそうのこと時間のなかに解消される（世界と空間は遠ざかっているのだから）にしても、重荷となる身体として物質化する新しい自己とのあいだで、不信感の混ざった一種の紳士協定を結ぶ。それはついには、〈自己－時間－回想〉と〈自己－身体－現在〉とのかなりいかがわしい共生にいたる。老いゆく者は自分のあたらしい自己に対して優しい気持ちを抱くようになる。この気持ちは、自己倦怠を排除するどころか逆に強調する不気味なものだ。Aは痛む箇所に触れてみる、あるいはどうしたものかとしきりに思案しながら罅割れた脚の皮膚を見る。彼がどうにか言葉での思考にまで進めながら、深刻な両義性と矛盾のなかでぼんやりと感じるのは、おおよそ次のようなことだ。可哀想な胃よ、忠実に仕えて摂取するものを消化してくれたので、私がおまえを感じることもなく、おまえを所有することもまったくなかった、おまえは私の体内の体液の流れが涸れぬようにしてくれていたのだった！　ああ可哀想な脚よ、街路、山地、舗石、車のアクセルといった世界のなか、私を運んでくれた！　いまではおまえたちは時間と仕事に疲労困憊し、これ以上動けずに両方ともに疲れ果てている。もはや一段飛ばしで階段を上らせてくれない心臓と同じに。

惨めな脚、言うことを聞かない心臓、反抗的な胃よ。おまえたちは私につらい思いをさせる、私に敵対するものたちよ、おまえたちに触れ、おまえたちを守り、憐れみ、それと同時に、おまえたちを自分の肉体から引きちぎり、取り替えたいと考えている、この私に。私とは私の脚、私の心臓、私の胃である、私とは、生きている、とはいえなんとか緩慢に更新される私の細胞のすべてである、と同時にやはり私はそれらでない、私がそれらに近づきながら、それでも私自身になってゆくほどに、私は私によそよそしくなる、そのようなことを考えていると頭がくらくらする。

私たちが健康についてないしは病気についての考察のために選んでみた比喩言語、科学的探求精神のまえではもちこたえられない漠然とした比喩言語を用いるなら、次のように言える。私は老いゆくなかで私の身体を通して、かつ私の身体に抗して、自己である。私は若かったとき、私の肉体なしで、かつ私の肉体とともに、私だった。ようやく年配という段階を越えて老人の群れのなかに入るとき、私はかろうじて身体でしかなく、それ以外のなにものでもないだろう。それは進行するエネルギー減少および実体増加としての身体であり、実体すらもがすでにその諸要素に分解しようとするやいなや、私はついにはもはや私ではなく、それ以外のなにものかになっているだろう。いちどだけ流行語に目をつぶっていただくなら、老いとは弁証法的転換の瞬間だ。絶無化に向けて動く私の身体の量が、変形した自己の新たな質となる。

私たち人間とはいったい何であるのか？　激しい痛みの住処《すみか》だ、ある夜歯痛に目を覚ましたAはそう考える。これはおそらく骨膜炎になるだろう、歯肉溝が深くなった結果、細菌があごに侵入することで引き起こされたのだ。私を襲う激しい痛みのため、おそらくは工義歯《ブリッジ》を支えている歯を抜かなくてはならない。これによって歯科技工士の精巧な工作物が倒壊するだろう。そしてその後では、年齢不相応に老け込み落ちくぼんだ口をもぐもぐさせて世の中を渡りたいと思わないなら、そうしておくのがもっとも快適なのかもしれないにしても残念ながら職業上かなうわけもなく、そうすると義歯の登場となるだろう。どのみち強く物質化している私の身体が、こうして極端なまでに物質化する。義歯を大なり小なり茶化した無数の小話からもわかるように、それは悲劇的ではなく、笑止なだけだ。私たちが若かったとき、あなたはよく私のことを嚙んだものだった、と夜になって愛欲に駆られた妻が夫に向かって言う、夫は昼の仕事がたいへんだったとかなんとかぶつぶつとつぶやき、夫婦間の愛欲という難局を受け入れる気分になれない。妻がさらに誘惑し、もういちど誘惑者になるよう求めると、夫は諦めて折れる。わかった《オールライト》、わかった《オールライト》、ぼくの歯をおよこし《ギヴ・ミー・マイ・ティース》。——小話ではこのように茶化されていた。Ａは小話の作者に同意しない。なぜなら彼の思うに、義歯とは荒野のリア王のごとく悲劇的であって、肉をもう嚙めない者はしみったれた痛恨のうちに沈みこんでしまうのだから。そこでどうやら生とは、Ａ自身がいま顎に感じている激しい痛み——ドリルがいったいどこに当てられているのか彼にはまだほとんどわからず、どこか別なところ、たとえば歯痛の傍らであってほしいと切に願うほどなのだ——の住処であるばかりでなく、嘲笑の絞首台でもあるらしい。貧困が恥辱であり、大多数の旅行者がみすぼらしい現地農民に嫌悪感を感ずるように、衰弱もまた恥多いようだ。世界というもの、ここでは社会的複合体として考えられているのだが、これは私たちのなかでの物質化過程がその眼前で起こるのを許さず、私たちのために良好な医学的扶助と意地悪い小話しか残してくれない。この両者は、社会を煩わせるなという社会の願望から成立したのだった。でも私には、とベッドから身を起こし一杯の水と鎮痛剤に手を伸ばしながらAは考える、世界も山も谷も街路も、隣人も小話作者も放棄して、身体の衰滅が課する私の痛みにもっと深く係わろうと試みることができる、と。刺すような歯痛で夜中目覚めたり義歯を入れる見込みが生じたり、そんなことがまるでないかのように振る舞っても、役には立たない。自分の痛みについて何も知ろうとせず、男らしくたくましい、あるいは女らしく忍耐強い身振り――そう由々しいわけではないしそんなに重要でもないんだ！――でもって痛みをかたづけようという勇ましさをもつ者たち、彼らは没落の見世物に煩わされまいとする社会が敬意を払ってくれるのを確信している。しかし彼らは自分の痛みを否認し自分自身のものを承認しないのだから、自己発見には決していたらない。

私たちは痛みのなかで、そしてとりわけ日を経るごとにより頻繁に辛苦を与える老いのなかで、身体があるがままに苦しみつつ、もはや自らを踏み越えることも世界と空間のなかに解消することもないだけに、いよいよもって身体を発見してゆく――この身体は、老いゆく者が自らのうちに積み重ねた時間がそうであるのと同様に、真の自己だ。

そのためAはいま鎮痛剤を飲み込み、そうすることで苦痛と鎮痛への希望とのあいだの浮遊状態にあり、苦痛のない状態への期待によって彼にはそもそもはじめて考えをめぐらせる可能性が開かれるのだが、どちらつかずのこの数分間を利用し、歯痛と係わり合おうと心に決める。これは私の歯痛だ、と彼はつぶやく。これから逃れたい、あるいはそれとは離れた傍らにいたい、あるいはこれを扉の隙間から健康な隣人の住居に押しやりたい、といった願望はある。けれども誰もがそうするように顎の痛みを私は明日には歯科医に委ねるつもりだ。歯科医は鉗子で武装した手で私の自己から何かを剝奪し、その代わりに異質な物質である〈延長するもの《レス・エクステンサ》〉[13]を私に取りつけることで私を救ってくれるかもしれない。この痛みは私の〈自分〉の昂じた感覚であり、肉の自己否定における私の肉の実現だ。この実現は、同時に自己の喪失であるにしても自己の増大であり、痛みなく眠り込んで明日には世界に属し世界であるだろう自己、因習的にしてかなりに抽象的な自己を差し出すよう強いられることなのだ。

痛みと病とは、身体の衰弱の祝宴だ。身体はこの祝宴を自らと私のために挙行し、私が身体のなかですっかり消失し、そうすることで炎症の過程で自己が増大するよう図る。炎症過程は、私の機能性という点で私を貶めはするものの、私だけに属する直接的な点で、私を高めてくれるのだ。

鎮痛剤の効果があらわれ痛みが鎮まりはじめる。Aは深く息をつき、痛みという問題含みの昂揚状態から逃れる。この昂揚は、彼がすでに錠剤を、そしてそれとともに痛みがない状態への希望を飲みくだした瞬間にはじめて、彼の心を満たしていたのだった。彼は正常な者が示す反応の範囲へと後戻りする。彼は、苦痛から解放される誰ものように救われる。身体に痛みがあるのは由々しく、それから逃れるのは良いことだ。歯痛によって密かに手渡された自己獲得が失われるのをAは悲しまない。いま煩いがなくなった瞬間にふたたび起こるのは、歯痛が告げ知らせていた身体の悪化による自己疎外という感情だ。閉じた瞼はすでに重くなり、眠りが近づいているのを感じるとき、彼は考える、かつての私は何になったのか？　と。歯に欠陥のあるひとりの人間、微生物の侵入とその蔓延にもはや抗えないひとつの有機体だ。ひとりの老いゆく人間。明日になれば、歯科医、鉗子、多大な金額を支払わなくてはならない義歯というかたちをとった私の身体の徹底的な物質化がある。これがまだ私であるのか？　痛みから救われ眠りこみ、けれども必ずや私をまた襲うだろう別な、もっと悪質な痛みに身を委ねて。これがまだ私であるのか？　ぼくの歯をおよこし《ギヴ・ミー・マイ・ティース》、このように、終わりが来るまえに終わりになるだろう。なんたる屈辱的な敗北か。眠るのはよろしい、死ならもっとよろしい、などと言うのは詮ない。いちばんよいのは生まれてこないこと。これは記号論理学にかたづけられた空文句だ。

　歯痛に苦しむ男のことは寝入らせておくことにしよう。眠りの敷居で自信を失い自己放棄する彼の思考は、これ以上私たちの助けとならない。私たちが想像でつくりあげた人物の夜の体験を超えて気にとめておくべきであるのは、少なくとも次の点だ。老いゆく者が難儀と苦悩のなかで味わう自己獲得と自己疎外という両者のあいだの言葉のない対話にあって、前景にあるのは疎外のほうである、と。なぜならば、痛みのあまり肉体が実体化することでもたらされた自己の増大がそれとして体験されるのは、稀なときでしかないからだ。どこかのAが痛む手足を不安げにさするにせよ、他人に長々しく自分の苦しみを語ってみせるという喜ばしくない習慣を彼が身につけるにせよ、身じろぎもせず自分の不興に身を任せ、自らが不興を醸すようになるにせよ、自己増大はいつでも一定の兆候から読み取れるのではあるが。思考として顕在化するのはたいていのところ、あらたに生じた自己に対するよそよそしさの感懐だけだ。

そのとき老いゆく者が異化感情を言語で構成しようとするなら、〈延長するもの《レス・エクステンサ》〉に自分が支配されているとおそらく考え、それに反抗する〈考えるもの《レス・コギタンス》〉に転ずるかもしれない。換言するならば彼は、《精神的自己》が彼の真の自己として、〈自然としてのからだ《ピュシス》〉による権力奪取に対して抗っている、抗うべきだ、と考えているのかもしれない。そして挑発的かつ快活に、喘息などにぼくの生を禁じさせたりはしない、と言うのだ。そのとき彼は――だがそもそも《彼》とは何者なのか?――この喘息に抗し、〈延長するもの《レス・エクステンサ》〉を追い出し、自分の身体を受け入れていない。もし探求できるとするなら――このような考察をするとき私にはまずは漠然と前方を探るしかなく、そうした探求をなしうる能が自分にはないかもしれないと認めておく――、〈延長するもの《レス・エクステンサ》〉と〈考えるもの《レス・コギタンス》〉というデカルトの区別は、最深の層で生きられている現実に相応しているのかどうか、あるいは実情はむしろ、両者は分かちがたく一であり、両者を隔離しようというどのような試みに対してもまさに〈生きられた苦しみ《スフランス・ヴェキュ》〉のもとで抵抗して勝利をおさめているのではないか、という点だけだろう。徹底して調べられるべきなのは、非-自己に激昂して逆らう自己、引用符が付せられるべき《真の》、すなわち〈考えるもの《レス・コギタンス》〉の自己、衰弱してゆく身体を非-自己と判断し、そこで《いまいましい胃》、痛みを与える惨めな脚について語るのを愛する自己、これがいったい本当に、他ならぬこの胃、他ならぬこの脚以上であるのかどうか、だ。Aが彼のものとしての歯痛にすっかり身を委ね、ついには炎症の過程に完全に解消した、そんな苦痛の祭典の数分間が、真理の本来的な瞬間ではなかったのかどうか、これを解明しなくてはならないだろう。

ここで述べられている内容が、日常経験にも、病気と健康という概念の感情的な基盤全体にも反するのは火を見るより明らかだ。なぜならばこのような検討を進めれば、人間が病気の状態を得ようと努める結果に帰着せざるをえないだろうからだ。しかしこれがそのような話でないのは断るまでもない。私たちは健康でありたいのであり、病んでいたいのではない。自分を若いと思いたいのであり、老いていると思いたくはない。そして痛みによって自己獲得が達せられる可能性など、普通は問題にされない。とはいえここでは、日常経験にとって自明である思考と感覚の正常性を引き合いに出したところでほとんど役に立ちはしない。というのも正常性とは社会的-

操作的概念であって、私たちが挑んでいるのはまさに、生きられている主観的現実に近づこうという、脆弱ではあるかもしれないがここでの関連で不可欠である試みであるからだ。私たちは知っている、Aが夜、歯痛に目覚め、鉗子や抜歯やあまりに物質的な義歯に脅かされ、刺すような苦痛を追い払ってしまいたいと思っていたことを（さもなければ鎮痛剤など服用しなかった）、私たちは知っている、歯科療士の手が介入するのに彼が恐れを抱いていることを、そしてシュルレアリスムの彫刻のように見える義歯にそれよりもっとおおきな恐れを抱いていることを。私たちは知っている、このときAは自身によそよそしくなったことを。それとともに、彼が歯痛のただなかで新たなやり方によって自分自身になったことをも、私たちは同様に確信している。若者であろうが誰でも歯痛に襲われる可能性があるのはもちろんなのだが、このたわいない苦痛はここでは老いによって私たちに加えられる煩いの象徴例であり、これによって彼は、彼の自己ないしは新しい自己を得ることができた。人の身体とは世界に属しているよう社会は求め、また誰もの社会的自己保存要求もそう求めるのだが、痛みによって彼自身の身体は、いまやもう他者とは分かち合えない彼の所有物となった。痛みは彼から世界の一部を取り上げた。別な表現をするならば、世界とは彼の否定であると次第に強く彼は理解させられた。この場合割を食ったのは、世界を喪失しようが自己を獲得しようが歯痛のあまりに納税申告書に記入できないでいる男に何も手をつけられないでいる社会のほうだ。

決定権をもつのはどちらだろうか？　老いゆく者に新たな自信をつけさせる身体か？　それとも誰に対してもひとつの自己を押しつける社会、健康で、とはすなわち稼働したままでなくてはならない自己を〈考えるもの《レス・コギタンス》〉として、〈延長するもの《レス・エクステンサ》〉へと解消される〈肉体という自己〉に反抗する自己を押しつける社会だろうか？　この問いにはまず答えられない。そして私たちは、苦痛によって私たちの〈身体という自己〉が真の自己であるのがあらわにされる真理の瞬間について私たちが述べた点について、強く限定をくわえなくてはならない。なぜならば、老いゆく者が自身の裡に抱えており、回想している際には生きられている時間である精神的な自己は、私たちの現存に対する〈傍らにいる人間〉の反応を通じて構成されていたとはいえ、それでも結局のところはつねにより強い自己であると判明するのだからだ。そこで私たちは迂回をした末に最後には、表面的な日常経験の出来事へと、右で限界を示した正常性という概念へと立ち返ることになる。

　なぜならば、私たちは他者の視線や判断から逃れられないからだ。

　若い女性Aは《愛しい方《モン・シエリ》》の呼びかけではじまる手紙を書いた。けれども彼女の愛している男はこの瞬間にもはや彼女を愛しておらず、《愛しい方》という呼びかけは、社会的に見ても人間同士のやり取りといった点から見ても俗世での正統性をもたず、色褪せ生気を失っていた。Aの身体および精神の状態がいかようであったにしても、彼女は本質的に捨てられた女性で、捨てられたというこの一面は、後になって彼女が回想のなかでなんとかふたたび取り入れた自己の部分だった。彼女の手による〈愛しい方〉への手紙に恋人からの〈愛しい貴女〉への手紙が応じることで正しさが認められその資格が与えられていた、それに先立つ勝利の日々が自己の部分だったのと同じに。さていま社会的座標としての自己を否応なく受け入れざるをえないため、結局は老いを病む者の自己疎外もまた、痛みと肉体の物質化によって達せられた自己獲得よりも執拗であるばかりでなく決定力も強く、もしそう言いたければ現実的でもある。現実的なものとは影響を受けかつ影響を与えるものだからだ。

影響を受けるのは、身体からよりも他者からになる。なぜなら、苦しむ肉体もまた、いやまさに苦しむ肉体こそ、他者に委ねられるからだ。影響を与えるとは他者に向かって手を伸ばそうとすることで、他者がいなければ影響などありえない。私たちが述べたこと――その何一つ撤回する気はない――は本当だ。黄色いしみをAがおぞましいと感じるのは、外から彼女に負わされている、つまりそのような本来の姿からの歪みは、歪みをもたない者からはおぞましく見られるという経験から負わされたのだ。その一方で損ねられた外観はやはり彼女の、Aの特性であり、彼女はこれにもともとは嫌悪の念を感ずるわけなどないのだ。けれどもそこには、世界と生とがすでにつけ加えていた要因が添えられざるをえない。つまり重要なのは本源がどうだったかではなく、社会が私たちに押しつけているにしても、社会的自己とは、直接身体で自身が体験している自己と同じく本来的なものである、という点だ。歯痛のために思考が混乱するまで苦しめられたAに対して社会はなんら手出しをできないのだから、苦痛とそれが緩和される希望とのあいだのどちらつかずの状態で、自らの自己という真理の数分間を体験して気分を昂揚させても、ほとんど彼の役に立たない。彼は順応しなくてはならない。私たちが現実と名づけるものは、社会の圧力と作用、反作用のなす力の場だ。自己を形成する現実の力は、私たちが現存するかぎり私たちを解放してくれない。押しつけられた自己が結局は自己そのものであり、社会的に規定された私たちの自己を超えたところで、身体によって、それもただ身体によってのみ私たちに与えられた自己を発見することになるなら、特別な自己分裂など必要とされない。老いゆくなかでの自己疎外と自己信頼との〈曖昧さ《アンビギュイテ》〉――その際に私たちは、老いとは受苦であり、受苦として私たちは老いを経験しているのを片時たりとも忘れてはならない――、この〈曖昧さ《アンビギュイテ》〉はしたがって、私たちが自分の肉体を一方で死すべき包被として感じ、他方でこの包被がますます私たちにいわばあらたに密着してくるという点のみにあるのではない。それは、社会的自己が受苦する身体から形成された別の自己と、衣服であると同時に衣服を着せられたものである〈肉体としての自己〉と矛盾をきたすことでも明白になる。老いさらばえたために歯痛が起こされ、それにつづいて歯が抜けることもある、そんな彼の身体がどこへ向かうのか、Aにはわからない。たしかに痛みに巻き込まれ、彼が《認識》と呼ぶかもしれないなんらかに届きもするだろう。しかしそのようなことが可能なのは夜にかぎられる。痛みから解放された清澄な意識で納税申告書に記入するよう、社会が要求するからだけではない。世界に拒絶され世界から追放され彼を脅かしている歯をなくした自己が、彼には受け入れられないからでもある。それというのも彼自身が《世界》であり、社会であり、自分を社会の目で見ているからだ。社会は彼のことを感じているとAが思っているのと同じように、彼は自分を感じている。そこで彼は、きらきらした歯をもった少年時から引きずってきた自己を保ち、夜中に彼が《本当の》と名づけた別の自己をなんとしてでも厄介払いしようとする。

私たちが過去から老いのなかへと持ち込むのはどの自己なのか？　私たちは教室の椅子に座っていた、十歳だった。私たちは少女に口づけをした、二十歳だった。三十歳にして、仕事で同僚たちに妬まれるような昇進を遂げ、四十歳のときに、自分がまだ女性の心にかなうのを発見した。いつだって私たちはひとつの自己だった。老いながら私たちがしがみつくのはどの自己なのだろうか？　この自己にあってこそ私たちは、それ以後あるいはそれ以前の自己のどれかよりも、より私たちだったと知りながら、あるいは単に思い込みながら。ある男性の髪は若かりしとき豊かで波打っていたが、いまでは禿げ頭の下に残った鬢《びん》に白いものが目立ってきた。それが画に描いたような髪飾りとなっており、ふさふさとして、それも誇らしげだ。ある女性は三十歳のときには豊かに発育した胸で殿方たちを魅了していた思い出を胸に刻んでいる。そのため五十五歳のいまでも、乳房の麓の肌がたるんでしまい茶色がかっているにもかかわらず、襟ぐりの深い社交服を好んでいる。実のところ鬚のふさふさとした男が若いときに讃嘆されたのは天然のウェーブのためなどではなく機知に富んだ会話のためであったし、襟ぐりのあいた女性がかつて成功したのは形の良い胸のおかげではなく利発で敏捷な目のせいだった。人の携えている自己が社会によって創造されたのはたしかであり、この点でもなんら撤回をする必要はない。けれども私たちは回想のなかで自分たちの社会的自己を変形し、新たに解釈していた。老いという滅亡に抗して私たちが自身の自己として対置しようとする自己、この自己との対比で私たちは、黄色いしみのある、あるいは歯が危険にさらされたあたらしい自分の自己をよそよそしく厭わしい自己として眺め、感知しなくてはならないと考える。だがそのように対置された自身の自己など、実在界にあってはときとしてまったく存していなかった。私たち自身のよそよそしい姿は、漠然とした統計上の実在だ。五百人の他者が私たちに反感を抱き、好意を寄せるのは五十人という少数にすぎなかった。つまり私たちが好感をもたれないのは、引用符をつけた《現実》でのことにすぎなかった。ただ由々しいことに、私たちは統計を知らず、私たちの社会的自己は他者によって打ち立てられただけでなく、その大部分が場合によっては単なる推測によって成立していた。社会的自己の実在を私たちは日々それとして経験し、それに屈しているが、そのような実在は、結局のところ夜に歯痛を抱えるAの自己と同様に疑わしい。それはときとして私たちの知らない統計と一致するかもしれない、けれどもそんなものにはまったく信頼を置けない。私たちは老いながらにして自分によそよそしくなる。二重に、そして究めがたく。というのも、Aが鏡のまえで首を振りながら《これはもう私なんかではない》と言うとき、彼女には主語も述語もわからないのだから。

このような考察の帰結はといえば、ひとつの自己とは老いをこうむりながら幾重にも解離してゆく――私のもつ身体へ、痛みをともないながら私をもつ《他者の身体》へ、私の〈自分〉の〈思惟する実体《レス・コギタンス》〉と〈延長をもつ実体《レス・エクステンサ》〉へ、〈ともにいる人間〉[14]のさまざまな反応から胡乱ながらも推される、〈生きられた時間〉として私たちが秘めている自己へ、そして日々変転する老いゆく自己へ――と分裂してゆくのだから、自己など存しないということになってしまう、つまり、私たちの最内奥の事情をこのように追求して得られるばかげた帰結はといえば、〈生きられている自己〉など、本当のアイデンティティなど存しない、ということになってしまうのだ。これを価値のない純然たる思考遊戯呼ばわりするのは可能だ。なぜなら自己解離はどの瞬間にあっても自己結合によって相殺されるからだ。自己の実在への問いは見せかけの問いだ。自己とは感覚の束であるとするエルンスト・マッハの命題[15]にあっては、まさに束ねることで束の個々の要素が相殺されたのだから、これが見せかけの命題だったのと同じだ。私たちが鏡のまえで首を振って自分を疑おうとも、痛みには私を形成する力があるのだと夜になんとか信じようとも、携えている自分自身の像が社会に強制されたものであると認識しようとも、けれどもその際、これもまた私たちの推測による虚像であるかどうかを知ることができないのだが、それでも私たちは当然ながら、それも良き意味で《私》と言う。結局のところ、私たちの表皮が私たちを境界づけているのだ。この境界のこちら側で起きていること、これが私たちだ。その向こう側で生じていること、それが他者だ。内と外との対立を認めない現象学的知覚方法は、私たちに空間を、空間に私たちを適合させる。そこで私とは私であるとともに私の空間世界なのだ——この知覚方法は〈生きられているもの〉の核心を衝きはするが、ふたたびその傍らを通り過ぎて目標をはずしてしまう。私たちは〈直接に生きられているもの〉の層にあって《私たち》であると同時に《世界》である、これは真だ。また、同じ層で私たちがつねに分離を行っているのも真だ。〈生きられている世界〉のなか、その思考による再構成の試みでは、論理学の諸原則はもはや通用しない、これは悲惨だ。〈曖昧さ《アンビギュイテ》〉が二律背反になる。

　しかしそれでも、もしも私たちが自分の状態について沈思してみるならば、論理的な矛盾を、いかなる思考混乱の不条理や危険をも、引き受けなくてはならない。そのような沈思に我が身をさらし、また自分たちにそのような沈思を可能ならしめること、それが老いなのだ。論理学的定式がその模像を為す世界などすでに逃げ去っている。

　私たちは頂点を踏み越えてしまえばもう下り坂に差しかかる、勾配はいっそう急になり、速度もいや増す。そのときすでに、世界制圧に向けられ、それゆえ世界の模像を論理学的定式で抽出しなくてはならなかった思考は、もはや私たちがなんとしてでも為すべき事柄ではない。根源的矛盾である死が私たちを待ち受け、《もう私が存していないなら》といった論理的に怪しげな文をつくるよう私たちに強いる。死はすでに私たちの裡にあり、曖昧さと矛盾のための場所をつくっている。私たちは自己にして非-自己になる。肌のなかに閉じ込められた自己を私たちは所有すると同時に、境界はいつも流動的であったし、それがつづいていたことを経験する。私たちは自分に対していっそうよそよそしく、そしていっそう親密になる。それ以上に自明なことはない。明証などもはや信用できない。どんなに忠実に私たちが一日に専念し、納税申告書に記入し、歯科医院を訪れようとも、自己から遠ざかることが存在から遠ざかることになる。老いつつあるなかで世界は私たちの否認となる、そう私たちは述べただろうか？　私たちがすでに自分自身の否定であろうとしていると言ってもよかっただろう。昼と夜は薄闇のなかで相互を打ち消す。

他者の視線

初老の読者に、ある小説を読まれるようお薦めする。ジャン＝ルイ・キュルティスの『四十歳《ラ・キャランテーヌ》』(1)だ。人生の頂点にいる二組の夫婦の運命をめぐる、大傑作ではないが、考えさせられる良書だ。作品表題は巧みであり、《キャランテーヌ》という単語の二重の語義による言葉遊びがされている。ひとつには、四十歳から五十歳までの十年間が、もうひとつには、若からぬ人びとに課される衛生上の隔離、つまり検疫隔離が含意されているのだ。

ピレネー地方名士の出自で資産家にして、いくばくかの精神文化を身につけた地方公証人のアンドレは、長い歳月を経てはじめて家族の同伴なしにパリを再訪している。五十に手が届こうという男は《リッツ》に逗留していた。感傷的にして高価につく、マルセル・プルーストへのささやかな敬意からだ(2)。最初の晩に彼はシャンゼリゼの《リド》に挑んでみる。踊り子たちはかわいらしく、ジャズはすばらしく、その後で彼はホテルの部屋でひとりヴァンドーム広場を見おろしている。彼がパリにやって来ることもなくなってからここは〈自動車競技場《オトドローム》〉となっていた[3]。

翌日の晩のひとときを彼は劇場で過ごすつもりでいる。批評でさんざん持ち上げられているブレヒト流の芝居がかかっているのだ。上演の最中、昨日はまだかたちをなしておらず自身で認めていなかった無聊がはっきりとしてくる。第二幕が終え、腹立たしい気分で彼は劇場を後にする。ちょっと散歩でもと思うが、惨憺たる結果となる。吐き気をもよおす息もつげないような排気ガスの臭いのため、何週間も楽しみにしていたそぞろ歩きどころではなくなる。カフェで一休みしようとするが、これも見込みがないとわかる。フロールでもドゥマゴでも席を取れない。もし自分が人から見えていないという感情を募らせてさえいなければ、まだAにとっても許容できただろう。誰も彼に注意を払わないのだ。この町では二十五歳を越えていると存在していないようだ、と彼は考える。翌朝彼は陰々とした気分で発つ。その数週間後、彼は心筋梗塞で倒れる。

Aの例はきわめて個人的であり、彼と同年代の人びとの圧倒的多数には当てはまらない、とここで申し立てることは可能だ。人から見えていない、ないし人目を引いていないという彼の感情は、まったく個人的にしてたまたまの不機嫌な気分から、あるいはまたあらかじめ感じられていた健康不全から説明できる、と。けれどもそれに対しては、彼がパリに敗北したのは彼個人の偶然性とはほとんど関係なく、それよりも時代の社会的、経済的構造のなかに位置づけられる、と抗弁することだってできる。そのなかで人は、生産と拡張の要求に鞭打たれて物質へとさんざ急き立てられつつ、労働と喜びに淫しているのは若者だけで、そこで広く若者崇拝と称されるような一般的な気分が支配しているのを知るのだ、と。この論拠は重要だ。新聞の求人欄のようなたわいない印刷物から読み取れる社会の事実がこれを裏打ちしている。編集長なり局長なり技師長なり世紀後半の術語で《管理職《マネージャー》》と称されている職の求人は、四十歳以上であることはない。ただそのときに、老いゆく人びと、老いた人びとのもつ職業的手腕が問題となっているのではない、少なくともまだそれが問題なわけではなかった。その数がこの世でよりいっそう増加するのに応じ、それらの人びととどう係わったら良いのか日に日にわからなくなっているのだ。よく考えてみるべきは、他者の視線が私たちに認める社会的年齢一般の問題だ。そしてそれにとどまらず、他者なしには生きてゆけないが、他者とともにも、また他者に抗しても生きてゆけない個々人としての私たちの運命、人間のもつ不条理で矛盾に満ちた根本状態を考えてみるべきだ。人間とは自分の財産——世界！——をただひとりで支配したいと望みつつも、世界と財産は、他者がその場所と所有をめぐって自分と争うところにのみあることを知っているものなのだ。こうした矛盾にしても、わたしたちの現存を歪めるたいていの矛盾と同じに、老いゆく者にしてはじめて完全に意識される。

　社会的年齢、それはどういうことだろうか？　どのような人間の生にも、自分はいまの自分でしかないと発見する時間の一点が、数学的に精確な表現法を用いるなら、そのような時間の隣接点がある。突如として世界が彼の将来にもはや信頼を置いていないのを悟るのだ。彼をそうでありうる者として見るところまで世界はもはや踏み込んでこない。自分にはまださまざまな可能性が与えられていると彼が信じていようと、社会が彼について抱く像のなかにその可能性はもはや組み入れられない。彼は自分を——自らの判断からではなく、他者の視線に照らした像として、とはいえこの像を彼はまもなく内面化するのだが——潜在的可能性のない被造物であると考える。もう誰も彼に、あなたは何をするつもりですかなどと訊ねはしない。誰もが落ち着き払って、これをあなたはすでにやり遂げた、と断言する。他者たちが総決算を済ませ、これが彼であるという差し引き残額を彼に突きつけたのを、彼は経験しなくてはならない。彼は電気技師であり、この先もそのままだろう。彼は郵便局員であり、まあなんとかいくばくかの努力と幸運があれば勤務局の幹部にならまだなれるが、それでもうすべてだ。彼は画家である、成功を収めていようがいまいが。生と創造活動でのさまざまな出来事の総和のなかで成功が積み重ねられたならば、たとえ美術品市場での変動があり、ことによれば今日では彼の絵画にもう昨日ほど高い値がつかなくとも、この成功は彼に忠実についてまわっている。けれども結果として生ずる成功、彼の芸術の影響が現れないままだったなら、彼を特徴づけるのはずっと成功が生じなかったことであって、これが彼の芸術的実存を否定する。Ａが誰であろうと、すでにそうでなかったならば猛獣の狩人にはならないだろうし、政治家にも俳優にも、職業犯罪人にもならないだろう。彼が自分の

《生》と呼ぶもの、それは成し遂げたことと怠ったことの総和であり、これが、昨日の彼がまだ同じように自分の生と見なしていたもの、つまり彼にまだ残されているかもしれない歳月を規定している。いまやこの歳月を彼は、浪費された時間の単調で変哲のない反復になるだろうと察知できる。

死をもってしてはじめて終止符が打たれる、ある生が終わりを迎えてはじめてその開始とあらゆる段階にその生の真理が与えられる、これはおそらく真実だ。劇とは――理論的には――演じきられるまでは、演じられていない。突如として突き破る局面というものがある、突然のはじまり、突然の変動、突然の脱出、というように。そのとき最後になって、石と化したような硬直が生きられた段階は単なる通過期であると明らかにできる。ゴーギャン。ひとりの銀行員が、社会の差し出す差引残高としての自己を拒絶する。ドミニカでの彼の死は、銀行員の生活についての真実を述べ、それを打ち砕く。[4]何人のゴーギャンを証人喚問できるだろうか？　相互作用と相互依存を通じて社会を形成する世界にあって、ここを突然に脱出してゆく者はこの先もっと少なくなるだろう。人間社会がはじき出した収支決算の結果としての自己という差引残高が受け容れられ、内面化され、しまいには要求される。人間とは、彼が社会的に成し遂げるところのものだ。老いつつある人間の成し遂げた事柄はすでに勘定され計量されて、彼には判決が下されているのだ。たとえ彼が勝利を収めていようとも、とはつまり、彼の意識を隅から隅までかたちづくり使いきっている彼の社会的存在がたとえ高い市場価値で数値化されていようとも、彼は敗れていた。突如として突き破る局面や突然の変動はもはや彼の地平にはなく、彼は生きてきたように死ぬだろう、兵士にしてそれも勇敢に(5)。

社会の評決がどの点にあり、それを棄却できる可能性はどれだけあるのか、自問してみなくてはならない。私たちが活動的な生を送っているあいだに気づかぬうちに濃縮されている合意が私たちに下す判決は、所詮あらかじめ定められたものではない。私たちの社会的存在、それは私たちの存在そのものに他ならないが、これは私たちがようやく老いの段階に入ると、話のやり取りのなかで記録される。私たちが語り、社会が答える。私たちの振る舞い、行動は社会的現実の第一幕だ。これに応えてこの第一幕を照射し、それによってそこに次の次元を与える第二幕は、応答ないし対応行為だ。私たちは詩人として語っているつもりでいる――そのように仮定しておこう――、そして自分の詩的な言葉によって社会を挑発している。私たちが作用を与えているということで本当に詩人であったかどうかは、社会が私たちの挑発を受け容れるのかどうかにかかっているだろう。

幾重もの語義でのこの遊戯《シュピール》(6)――終幕に向けて構成された世界劇場の劇、純粋な戯れ《ルードゥス》、高額な賭金の賭博――に、私たちが若いうちは勝ちも負けもしない。私たちが今日、耳の聞こえない男の扉を叩く、それでも明日には扉が開かれるだろう、そう私たちは信頼し希望をもつのが許されている。なぜならば、社会の信頼と希望は私たちとともにあり、〈ともにいる人間〉の誰も耳の聞こえない愚か者として立ち尽くしていたいなどと望まないものなのだ。私たちが老いつつありおびただしい数の答えをすでに集めたときにはじめて、私たちが行った応答の目録を社会が作成したときにはじめて、社会はあらたになされるべき回答に確信をもち、目録の総和にしたがってそれを自動計算する。そのとき扉を開けない者が耳の聞こえぬ男の役割を敢えて演ずることはもはやない。私たちの扉を叩く音に彼は、かつて存したもののもつ信頼の置ける声を同時に聞き取っていた。いまや話のやり取りは凝固して単調な繰り言となっており、これがようやく終えるのは私たちが最期を迎えたときだろう。私たちが永遠に同じ問いを立てているのは、永遠に同じ答えを受け取っているからだ。そして同じ答えを受け取っているのは、問いがいつまでも同じままだからだ。

社会の下す宣告は、不透明で量的に示される堅牢さの力によってひとつの陪審裁判の評決であるが、これから逃れうる可能性があるのかないのかを知るのは良いことだ。この宣告が見通しのきかないまでに濃縮している老いの過程や老齢にあっても、それから逃れられるかどうかを。あなたはどなたですか？ と精神科医が患者に訊ねる。タレーラン(7)です。タレーランは道化の囚人服を纏った身体を震わせ、スリッパを引き摺り、木鉢からスープを匙ですくう。彼はタレーランのままであって、社会の評決は彼になんの係わりもない。あるいはモンパルナスのカフェ・デユ・ドーム[8]にいる大画家A。彼の名はどの事典類にも見いだせず、十年来展示会に出品することももはやなく、画廊では彼の絵など準備室にすら掛けようともしない。あなたはどなたですか？私は偉大な芸術家です、ただ理解していただかなくてはならないのは、市場、経営、流行、すべてが私に反対していることです。社会の評決は場面全体をすっかり暗くすることによって、とはつまり病院に収容されたタレーランが認めていない現実原理を否認することによって、棄却される。けれどもまた画家Aが彼の職業の狭い世界でそうしているように、舞台の一画に影を投げるだけでも拒絶できる。ともあれ精神病院のタレーランも画家Aもふたりとも社会的年齢をもたない。彼らは扉を叩く、飽くことなく、そして扉を開けてもらえなくともどこ吹く風だ。彼らは虚空に向けて語り、応答が得られるのを諦めている。社会は彼らに言う、もしあなたたちがそうであると主張している大画家やタレーランであるなら私たちはそれを知っているはずです、と。これは彼らの耳に入らない、評決は彼らに届かない。

狂人の数はわずかだ。半狂人、四分の一狂人[9]もそれほど多くはない。ほとんどの人は、つまり私たちの場合がそうなのだが、《正常》であり、ある一定の年齢で社会的判断を受け容れている。彼らが若かったとき、おそらく多かれ少なかれ勇気をもって（これは個人的資質の問題だ）、ある可能性に向けてくり返し踏み越えてゆこうと試みた。その可能性とは、社会がそれをそれとしてまだ承認していたからこそ可能なものだった。それに対して老いゆくときには彼らの現実とは自分の年齢なのだ。これは、回想のなかで蓄積された、時間の層がなす年齢や、あるいはそれとは別な、欠損を抱えた〈自然としてのからだ《ピュシス》〉の艱難辛苦によって世界喪失として彼らに経験される年齢と同じように、彼らに重要である社会的年齢だ。といっても一般にこの社会的年齢は決して規定できるものではない。それは時代、社会構造、ひとりの人間がつながれたそれぞれ特別な関係領域によっている。

ケネディが四十三歳にしてアメリカ合衆国大統領になったとき彼は若かった。ある大学教員の四十三歳の助手は若くない。あるいは逆に、市参事会員トーマス・ブッデンブロークは四十歳で市参事会員の位にいたり、まさにこの位とそれのもつ父性のアウラという力で成熟したほとんどもう高齢の男だった。彼の不品行な弟クリスティアンは、漠然とした痛みを脚にもちシャンパンの朝食を好んで、死の床でもまだ早くにして老けこんだ幼童だった。社会的年齢は因果の絡み合いによって規定されており、そのもつれをここで解きほぐしうるにはあまりにも複雑すぎる。私たちひとりひとり独自である社会的野心が多数ある網目のひとつをつくっている。たとえばある下級官吏が四十五歳にして社会的には老人であるのは、彼がかつてはより高い地位を得ようと努めていた場合、そしてそのかぎりにあってだ。もし彼が序列内での昇進に努めておらず、家族にも友人にも上司にも栄達の希望を告げていなかったならば、彼の社会的年齢は定まっておらず、また定めることもできない。下位の地位にあるなら彼が三十であるか五十であるかは社会的に重要ではない。歴史を欠如させて彼はその職務で漫然と暮らしている、伝記のない男だ――そして回想の重みやのしかかる肉体だけが、ある日彼に年老いたことを気づかせる。社会の判断は彼自身のわずかながらの野心との合意のうえで、年齢上ではまだだいぶ若かったときにすでに彼に下されていた。社会的な年齢を欠いているか、それとも早くに老いているか、これはいまどちらでも同じで、ともあれ彼は終わりまで身をなりゆきにまかせる。

現代にあっては体系《システム》、国家、個人といったあらゆる違いを超えたところに社会的年齢に対する判断基準はある。そして社会的な判断が充分な有効性をもち、私たちが見定めた可能性に向けた自己超越を世界がもはや許さない、その隣接点つまりおおよその箇所を私たちは画定できる。そのような条件下にあって私たちは、所有の領域に自分の位置を見いだす。私たちがおそらく代表している市場価値もこの領域の一部をなしている。なぜなら私たちの故郷は存在の世界ではなく所有の世界だからだ。より正確には、所有を通してはじめて与えられる存在の世界だ。ある者が何であるのか、ある者が何を表しているのか、これは彼が持つものによって規定される。そこで一般的秩序の求めるところだが、人間には――数値化しうる所有物または所有をあらわし保証する市場価値を――持っていることが要請され、そして彼が持つやいなや社会的な老いの段階に入っているのだ。何も持っていなければ彼は社会的な老いを免れているのかもしれない。しかしそのとき彼には社会的本質も人間的実存も認められていないのを彼は知らなくてはならない。愚かに生まれ、そのうえ何も学ばない。貧しく生まれ、何の功績も加わらない。そのとき彼には足場もなければ蓄積もなく、想像上のタレーランないし屋根裏部屋の天才だ。所有の社会は自律的個人を無力化する。所有要請の圧力の下で自律的個人は、他者の視線に対して自身でありたいと思う有望な個性をもはや対置できないのだ。

所有という道標にしたがって自らの位置を見いだすにしても——それでも老いの点の位置測定は難しい。なぜなら所有の事実もしくは所有への要請が私たちを見舞うのはさまざまに異なった生の局面でのことだからだ。ある者にとって所有の巡り合わせはすでにかなり早くにはじまる。揺籠のなかで、とはつまり跡継ぎに生まれ父の工場なり弁護士事務所なりが彼を待ち受けており、自覚が芽生えるはるか以前にそれが押しつけられる場合だ。別な者にとってその過程は高等学校ではじまる。そこでは数学の才能を見込まれて、自分の市場価値を確実に当てにできる物理学者や技師という人生行路に彼は押しやられる。また別な者にとっては大学在学中に、あるいは職業についた最初の数年に起こる。しかしどの場合にあっても、所有が存在を定め、存在は存在でふたたびその意識構造を打ち立てているのだが、この所有が人間にとって二重に宿命となっている。ひとつには所有によって人間は自身を意のままにする可能性が奪われている。どの瞬間にも零地点からあらたにはじめ、社会なしに、それどころか社会に抗して自身の意志で自分の生の設計図を描く可能性が。もうひとつ、所有が逃れてしまうないしは——経済的な資力ないし社会に要請され市場価値によって酬いられる一定能力、《ノウ・ハウ》という所有された財産として——蓄積されないならば、人間は社会的空所でありつづけるよう運命づけられる。それは空洞形式ではあるものの、彼にはもはや自由にしてはならないよう社会によってすでに定められているため、自由裁量である零地点ではない。

所有の世界は、その日その日で自らの設計図を描くアウトサイダーの余地を許さない度合いを増してゆく。

所有の統合する力はきわめて強い。財産もしくは市場価値は一人一人を縛る鉄鎖なのだが、これを装身具のように心地良く身につけているだけによけい、人びとは従順にさせられている。

Aは四十歳のジャーナリストで、依頼に応じて記事を作成する。彼の技量、注文先が賞讃して呼ぶところの健筆によって、彼の執筆した商品は一定の取引価値を確保した。彼は生きている。贅沢や安定に浸ってはいないが、困窮や由々しき悲惨さの不安を感じているわけでもない。彼は執筆し、書いたものを売り、だいたい慎ましやかに暮らし、車を運転し、休暇には旅行に出る。ときとして就眠まえにはさまざまな回想が脳裡を駆けめぐることがある。屋根裏に座っていたとき彼は何者でもない〈零〉だった。自分が書くものにいつか買い手がつくなどと思っていなかった。そこで自分が書きたいことを書きたいように描いた。彼を生につなぎとめていたのは広く開かれた地平だった。彼は無だったからすべてだった。世界全体が、空間全体が彼の潜在的可能性だった。潜在領域で彼は世界革命家であり浮浪者であり、ヒモであり哲学者だった。彼は若かった。年齢のうえでも身体のうえでも若かった、そして自分のまえに空間を持っていたのは、それはまだ非常に多くの時間が彼のなかで蓄積されていなかったからだ。一方彼は社会的存在としても若かった。はじめて担当することになったばかりの患者たちを死亡させてしまう同年齢の医学博士、あるいははじめて自分について書かれた批評を記念帳に貼りつけている俳優よりも若い。彼はいまではもう若くない。いま彼が存在しているのは、彼が持っているからだ、いまだわずかにすぎないにしても。社会が永遠の青年を許容するのは精神病院のなかだけである、これを彼に理解させたそのあとではじめて、社会は彼に社会的年齢を割り当てた。彼は自分の社会的年齢をもっている。そしてときとしてこれに対する同意を愕然とした気持ちで感じることがある。納税者にして市民であり、建物の階段で隣人に挨拶をすればそれに応えてもらえる！　恥ずべき数々の降伏の数の総和が瞬時、彼の心をたわいない誇りでいっぱいにする。自分がここまで来てしまったこと、所有に指示された存在が彼から所有なき存在を、永久の生成の存在を奪ってしまったこと、これを彼は恥じる。そこで彼は自問する。侘しい敗北である笑止な勝利を免れていられるような社会秩序は考えられるのか、存在が所有ではなく、知を所有することでもなく（この知の所有とは、ひとつの所有カテゴリーに移せないかもしれないので）、生成の存在でありつづける、そんな体系は考えられるのか、彼を制圧することなどない視線、むしろいつでも零であるよう、そして零点からあらたに自らを構築するよう手助けしてくれる、そのような視線をもった他者とともに存し、ともに生成することは考えられるのか、と。Aはこれを自問するが答えを見いだせない。そしてこの見いだせないという事態もまた、重ねての彼の降伏という連続行為のなかに、そして周囲で彼の所有するもののなかに、十中八九すでに含まれてもいたのだと承知している。たとえそれが些少であろうとも事物のなかに彼はすでに解消され、そして彼がそれらの事物を持っているために、それらをもはや持とうとしないことはできない。同じ運命の無数の他者と同様、安易かつ心地良く身につけた鉄鎖を彼は失わなくてはならない。社会に並び立つことで人間的に破滅している、破壊された実存の装飾品を。彼は老いた。その責は社会にある。彼自身の負う責は、道化や血を流して死ぬチェ・ゲバラのような人間にはならず、社会に措定された掟に順応した度合いによる。

ゲバラ、ゴーギャン、精神病院の誇大妄想狂とカフェ・デュ・ドームにいる彼の遠戚、こうした人びとは所有の世界を表す他者の視線に見舞われない。ちなみに、財産が莫大なためそれがすでに何をも意味せずそれによって決定されはしない大富豪もまた同様なのだが。アリ・カーン(10)は若くして交通事故死し、ウィンザー侯爵(11)はクリスティアン・ブッデンブロークと同じような死を迎えるだろう、幼童の翁として。そうでない人びとは遅かれ早かれ社会的年齢に達する、たいていの人は、投資に値する〈生産者－消費者〉として社会に現れる時点で。いつかは彼らも財産を守り、知の所有物を提供し、配偶者や子どもたちの心配をしなくてはならない。自分の所有を増殖させたい、ないしはたんに保持したいと思っている、そのどちらにしても人間をまるごと使い果たすものだが、そのような所有に規定されてすっかり苦労した挙げ句、ある日のこと、自分の〈所有－存在〉が取り消しできなくなっている生の転換点に気がつく。そのとき彼らは老いゆく者である。扉が開かれることはもうない。社会に向けて問いを放つならば、次のような答えが返ってくる。おまえが昨日、一昨日為したことを為せ、おまえの過去が指し示しているおまえを為せ——さもなければ何もするな。求む、我らが支店を買い取る経験豊かな銀行経営者、上限年齢四十歳。英語知識のある練達の織物販売業者、当社改組のため、四十五歳を上回らないこと。若くして活動的、前進努力を怠らず、労働意欲旺盛、愛すべき性格で精力的な男性、旅行代理人、実験室長、技術者、編集者、広告専門家。人事部長は他者の視線をもっている。彼は投資の論理に応じた社会的年齢だけを求めているわけではない。そうではなく一定の職業での経験を求めているのは明らかだ。四十歳の初心者を彼が採用することはない。同時代人X、彼は二十二から四十になる歳まで為替相場の算定、出来高払い労働時間の計算、広告図案のデザイン、あるいは依頼された記事を書いてきたが、あと二十年か二十五年は同じことをするつもりだ。ときとして仕事から顔をあげて、これが永遠につづくのだろうかと自問し、不安を感じる。かくのごとくつづいてゆくだろう、永遠にではないにしても、彼がそこに存しているあいだは永遠に。忘れやすくなった脳と重たい手足と現行の法的規定が彼に許すかぎりは。

その後には、当然の酬《むく》いである定年退職後の生活、と社会で呼ばれている状態がやってくる。これはある者には相当額の公務員年金を、別な者にはみすぼらしい額の年金を意味するが、どちらにとっても歴史的現実の展開から締め出されることであり、いったい私はいつ生きていたのか、自分の生を絶え間ない刷新と永続的な矛盾の過程として送るのを私はいつ辞めたのか、というとても不気味な問いを意味する。幸いにもそのように問う瞬間は稀ではあるのだが。

この同時代人がすでに年金生活者であるにしても、あるいはいまだ大仰な立ち居振る舞いで《生のただなかにいる》男で財産を増やしたり守ったりしているにしても、社会が彼に下した判断、彼の社会的年齢を受け容れている。もはや踏み越えてゆくことなどない、だからといって自らのなかに満足して安らっているわけでもない自己に彼は甘んじている。なぜならば、社会的諦念に含まれている実存的死は、肉体的な死と同様に受け容れがたいままだからだ。まだ日中だ、と誰もがつぶやき、一人前の男のように動こうとする。しかし夜はまだはじまらないうちからすでにはじまっており、彼がどうにか活動できるのは、社会が要請するか許容するか禁じるかに応じてにすぎない。

ここで何点か異論を差し挟むことができる。とりわけ、突然の夜の到来という隠喩はお涙頂戴の常套句であり、そしてもっと悪いことにこの隠喩はまったく不適切だ、というように。実情にあっては、まさに社会の頂点をなし社会を支えているのは高齢の人びとである、それもあまりにも高齢の人びとであり、支配的世代は五十五歳から七十歳の世代ではないのか？　国家の大統領や首相、影響力をもつ大学教員、経営責任者、学士院会員、彼らはみな老齢ではないか。他方で無名にして取るに足りない人びとに関して言えば、社会はすでに彼らのための場所を準備しようとしており、これは社会工学の問題にすぎない。《意味ある生》と生に値する年齢が、未来にあって生への期待が増すにつれて彼らにも保証されるないしは少なくとも可能になるだろう。

老境の劇的展開だの黄昏の隠喩だのといった大口を叩くべきではない。命令を下す者にとって日々はよりいっそう長くなるが、付和雷同しているだけのその他大勢にとっても同様だ。我らが父の家には多くの住居があり[12]、そのなかには行き届いた老人ホームのように見えるものもあるのだ。

けれどもある若い物理学者が言っている。我らが専門分野で公式な栄誉や功労者への名誉職にあずかっているのはある程度お歳を召した男性たち女性たちであり、発見をしているのは私たち、二十五歳から三十五歳のあいだの人びとだと。善良なる報道では不屈の労働能力をもっていると語られる銀髪の経済界指導者、彼らの背後には輝かしい若い男たちがプロンプターとして立っているのだ。重要なのは彼らなのであって、自分よりも鋭敏な彼らの知性に対しては、多かれ少なかれ姿勢の良い老人が身をかがめてみせる。かつての姿のままにとどまるよう下される社会の宣告が向けられているのは、凡人たちに対してよりも一見権力をもっているように見える者に対してだ。実際の指揮権はとうに若手社員グループに禅譲しているある工業会社の名目上の会長、三十歳の助手に知的には追い越され、表彰や名誉博士号ばかりをかき集めるだけの著名な大学教授、彼らが指示されたとおりの役割を果たしている様子は、国家の大問題について頑固ながらもあらかじめ予想のつく、それゆえ操作可能な鶴の一声をくだす、そんなどこかの老人閣下と同じだ。この老人も会社会長や教授も、自分の過去の囚われ人だ。会長や教授のほうはもはや影響力などまったくなく、実際に常套句どおりの夜がすでに見舞っている。秘書たちはいまだ腰低く接してくれはするのだが。老人閣下のほうは憤怒のゴルム[13]よろしく雷鳴をとどろかせ、ユピテルのごとく稲妻を閃かせているものの、彼の言動は以前にさんざん演じられた政治的役割の台本と結びついているため、高慢な彼の頭上でもすでに夜となっていた。星に明るく照らされた夜であるにはしても。

自分の社会的年齢、自分の老化状態が社会によって定められているとするなら、名もなき人びとは何をまだ期待したらよいのか。ド・ゴールが歴史的人物でありつづけるのと同様、郵便配達人は郵便配達人のままだ。ただ自分自身の価値のなさよりも自分自身の記念碑を描くほうが簡単であり、ふさわしくもある。けれども彼がもう郵便配達人ですらなくなり、書留郵便の配達を国家的に重要な行為と見なす可能性すら奪われていれば、家庭菜園で作業をして過ごす歳月と折り合いをつけるよう彼は心がけるのかもしれない。《意味深い現存》。そう。社会福祉やなくとも困らないような半日雇用を用意することで、社会が彼の面倒をみてくれるかもしれない。彼にしても、自分が好きにさせてもらっているにすぎず無駄飯食いのお荷物であるのを知らないほど魯鈍ではない。もしかしたら介護を当てにできるかもしれない、これはむろん放置されてつましい年金に委ねられるよりはましだ。ただし、もしそう言ってもさほど不遜に聞こえないとして、反動派の厚顔無恥の悪臭がさほど感じられないとするなら、次のようにつけ加えられるだろう。彼の貧困と彼の社会的孤立はまだ、彼に――悲嘆や非難を行う――ひとつの自己を構成する彼にとっての不当な仕打ちである、それに対して、介護を受けることによって彼は自分自身に対する他者になる。それは社会によって完全に決定されている被造物であって、自分とともにあり自分に対抗する世界に良心の呵責を覚えさせることなどもうとてもできない。

社会的な老いを本質的に規定するもののうちに、私たちの所有の世界が含まれている点に疑いの余地はない。ただし他者のまなざしを通した老いおよび老齢という現象を、市場経済・利潤追求経済の社会構造のいくつかの根本問題に還元しようとするなら、それはまったく不適切だ。私たちは、身体――この場合、衰えた身体――という事実にくり返し出遭うのだから。この事実が老いの主観的な質に特殊な色彩を与えるにとどまらず、社会的なさまざまな影響をまずもって、それも直接に引き起こす。齢を重ねて美しさを増すことはない、とかつてあるたわいのない詩でエーリヒ・ケストナーは言っていた[14]。踏み越えることもそれ以上還元することもできないこの月並みな考えはいつでも成り立つ。人は美しさを増すことはないし、より機敏にも、またより利口にもならない。そして世界——ここでは、個人の意見、感情、反応の統計的に把捉可能な総和という理解だ——はそれを知っており、老いゆく者、老いた者にそのことを理解させる。今日彼らに稀少価値などまったくなく、それゆえ彼らは神の似姿としての畏《かしこ》き翁などではないのだ。老いゆく者は厭わしくなる。厭わしいとは、人の厭うものの形容だ。老いゆく者は弱くなる。弱いとは、日常語では人を格付けするないしその価値を貶める評価と同等だ。演劇作品が弱かったり株式相場が弱かったりと言われる、そして弱い人間には出来損ないの劇や有価証券の下落と同様に、結局のところは心からの同情は寄せられない。どれも接頭語《不》ではじまる多数の形容詞が老いゆく人間、老いた人間に充てられる。彼は重大な身体な働きに不適であり、あれやこれやに不手際であり不向きであり、不聴従で不利益で不都合で不健康であり、不‐若[15]だ。情緒の深い内奥から湧き出る否定の表現としての否定の接頭語を、もしそうしたいならば、社会によって執行される老いゆく人間の無化ないし絶無‐化[16]と取ることができる。だがここで社会によって絶無‐化されるのは、無の徴《しるし》をすでに額に捺されているものだけだ。身体の衰微はこの無の徴の眼に見える前触れなのだ。若者が老人たちに対して否応なしに抱きはするが敬意に転換されている反感によって、これら年長者に対する畏き思いは色褪せた慣習に化す。これはもしかするなら、無をまえにした恐れ、現存のなかにすでに押し入っている無であることに対する抵抗であるのかもしれない。

《世界》は老いゆく者を絶無‐化し、路上で人目に見えなくする。パリじゅうを歩き回りたいと思っていても彼を無視する群衆に否認されるためにもはやそうすることのできない地方公証人Aがされているように。透明物質をすり抜けるごとくに彼を素通りする他者の視線が彼を打ち砕く。彼は首都を後にしてピレネーの小都市に帰郷する。長きにわたって人目を引かずにいるのは耐えられないからで、人間とは他者のために存在しようと努めるものなのだ。――これが、彼の文学的創造者、小説家ジャン＝ルイ・キュルティスが仕損じた旅行体験についてさらに物語ろうとしたすべてだ。Aを人目に映らなくするよう運命づける《世界》は結局のところ若い人びとだけで成立しているわけでない――公証人がうつろなまなざしにより絶無化されている街路には、老いゆく者たちも充分に行き交っている――という意外な現象について、『四十歳』という本では語られていない。統計の示す年齢構成のピラミッド型分布がどうであれ、社会が若者、きわめて若い人びとによる絶無化宣告を受け容れているのを、老いゆく人間がはっきりと認識しておくのは良いことだ。公私にわたり老いゆく者たちに表されている顕彰をもってしても、その点に何の変わりもない。老いゆく者が老いゆく者であるのは青少年にとってばかりではく、同年代の者にとっても同じだ。彼らは彼らで、まなざしを返されずとも若者たちを見やり、運命をともにする仲間との連帯を拒み、その表情から読み取れる現存の否定の徴から距離を取ろうと努める。それの意味するのは彼らが若者を愛していることではなく、不条理な憧れと自ら認めはしない羨望を抱いて若者にしがみついているということだけだ。老いゆく者に対して老若双方から下されているとはいえ、いつも青少年の掟、没落に対して彼らの抱く恐怖の掟に則っている判決に対して、控訴はない。老いゆく人間、老いた人間には頻繁に敬意が表されるものの、それは無力で、何ごとも証しはしない。

Aはすっかり稀になりつつあるジャン＝ポール・サルトルの講演を聞きに出かける。サルトルといえば二十年まえには青少年の神で、今日でもなお、とくに若者たちのまえに進み出るのを好んでいる。彼にとって未来とはいつでも人間的なものの本来の次元であったし、失われた時を求めることなぞロマン派の死の官能と同様に彼の軽蔑するところだったからだ。《虚偽、それは死だ》(17)と彼は書いていた。そのとき彼の言葉が向けられているのは、虚偽によってすでにまなざしが曇らされ声の嗄れた者たちではなく、若者たちだ。若者とは、ひとかどになると期待させることをいまだできる者、来たるべきものに向けて、世界と空間の出来事に向けて歩み出す者であり、そうした出来事に即して若者は自分の自己を測り、それのために自分の自己を構成しなくてはならないのだ。サルトルは西ヨーロッパのある大学の大講堂で学生たちをまえにラッセル法廷(18)について語る。Aが出向いたのは、情報なら充分にもっている主題のためというより、講演者その人のためだった。彼はずいぶんまえからこの人に多大なる尊敬の念を抱いており、そこからは親密な感情が生じていたが、その思いが一方的であるのを彼はまだほとんど意識していない。彼はサルトルとともに齢を重ねてきた。年少である彼を師から隔てるのはほんの七年にすぎない、そしてこの七年は、両者、哲学者と読者としての彼の弟子がはしご段を降りるにしたがい些細な期間に収縮しているので、しだいにAは自分が講演者と同年齢であると感じるようになっている。彼はほぼ二十年まえにこの人を見たことがあった。当時サルトルは若人であり、未来に向けてばかりでなく、当然にも未来の名のもとでも語っていた。彼はその名声のはじまりにして同時にすでに頂点に立っており、彼の実存主義は精神史の最終的な結論だった。それから二十年ばかりが経ったにすぎない。当時彼についてはその《醜さ》がさんざんあしざまに言い立てられ、彼自身自分の生を語るなかで記しているが、それにもかかわらず一九四六年の哲学者からは強い肉体的魅力、男性的にして強大な力が発散されていた——ああそれがいまや弱々しくくたびれはてた紳士になってしまっていた。生彩なくたるんだ顔、やせ衰えた体に緊張しただみ声の、高齢に達しつつある男性であり、彼のなかで重みを増す時間によって老いている、そのためAは、一九四六年の春の日々のあのサルトルを認めるまで数秒間苦労する。

基本的には単純でありつねづねわかっていた、けれどいつでもまったく新しい事柄に彼は心底から感動する。ひとりの人間たるもの、ここまでいたりうるのだと。誰もと同じにAにはわかっている、彼を讃えるためにいま学生たちが立ち上がっているこの大哲学者はかなり病んでおり、そのため彼の生物的年齢はおそらく時間的実年齢よりもはるかに高いにちがいない、だから彼の肉体の衰弱は六十三歳の者の年齢の範例としては通用しえないことを。しかし講演者はいつものように論理的にきわめて厳格に、弁証法的に先鋭化させた、見事に要点を突いて政治的事件を指摘する言い回しの彼独自の力で語っており、アメリカのベトナム戦争に対するラッセル法廷を哲学的に正当化しているのに対して、講演の言葉にぼんやりと耳を傾けているだけのAは気がつく、自分がつらく諦めの情愛に満ちた心の状態に陥ったのは哲学者の身体的衰弱のためなどではけっしてなく、むしろサルトルの社会的年齢ゆえなのだと。自己の境界を脱してゆく哲学者ですらすでにして囚われ人である――講演司会者が言っていたように賞讃と名声の囚われ人ではない、なぜならまさにそこからサルトルは逸脱したのだから――むしろ彼のなかで積層している時間の囚われ人であり、かろうじて彼は自分の生の役割のテクストを語るにすぎず、かろうじて彼は自分の為し遂げたところのものにすぎないのだ。そしてそれだから、彼の仕事と生を総括し、彼をして他ならぬジャン＝ポール・サルトル以外の何ものでもないよう強いる社会によって彼は規定されている。外ならぬ彼でこその著作を執筆し、一九四八年には政党を創設し(19)、それは一宗派とはならず、ノーベル賞を拒否し(20)、侵犯の哲学者として自らの境界を設定し、いまや彼がすでに老いてしまい、まだ十五年生きるかもしれないが、場合によっては五年しか生きないかもしれない男であるため、この境界が踏み越えられることはもはやない、そんなジャン＝ポール・サルトル以外の何ものでもないよう、社会は彼に強いているのだ。

残念ながらいくばくかだみ声で語り、呼びかけ、分析し、低下することなく磨き抜かれた知性を実演し、命令をくだす。二千五百人の人びとが極度に緊張した面もちで耳を傾ける。立っているのが講演者にはやっとであるのがありありと見て取れる。彼は両手を交互に腰のかなり高い位置にあてがい、まるで身体が自身の重みを担うのを手助けしようとしているかのようだ。二十年まえには銅色でふさふさしていた髪はいまや銀色で薄く、禿げつつある頭を覆うのは幾房かにすぎない。これも本質的な点ではない、とAは考える、まるで彼自身が眼下の演壇に立って腰にあてがった腕でのしかかる肉体を支えているかのように、痛みのこもった情愛が昂じているにもかかわらず。彼の心を動かすのは、偉大な男の肉体的没落にもまして、さらにサルトルが老いゆく者としてもサルトルでありつづけなくてはならない、それもチェ・ゲバラを追想する[21]よう求めることはできてもチェ・ゲバラのようにはもはやなりえないとの認識にもまして、彼、Aに自身の老境という災いを感じさせるのは、尊敬の念を抱き集中して聴いている二千五百人の若い人びとが、眼下に見える老いた男から彼の晩年の最後の歳月を奪っているという理解なのだ――彼らが若くあり、彼らのものである、彼らだけのものである世界へと踏み出してゆく、という単なる事実によって。彼らは、ジャン＝ポール・サルトルの手によるのとは別な著作を読むだろうし、ジヤン＝ポール・サルトルが読んだのとは別な著作を読むだろう。彼らはサルトルのいない世界に住むだろう、すでにそれまでには死者となっているはずのこの人の像と言葉と行動が、彼の墓碑と同様に石のごとくに不動となっている、境界を脱した〈反‐サルトル‐世界〉に。彼らのなかでは自分たちの未来は、若くあるという事実として構想されている。とはつまり、世界を摑み、と同時に世界のなかへと流れ入ろうという心構えとして。サルトルなきこの未来世界が彼らのなかにはある、あれやこれやをして、書籍を執筆し、演壇にのぼり、映画を観て、コンゴに行くという彼らの計画のなかにはあるのだから、彼らは〈反‐サルトル‐世界〉を自分たちのうちに抱いているのだから、彼ら自身サルトルの敵対者となるのだ。——いま彼らは円形劇場風に配置された長椅子からまたもや立ち上がり、拍手喝采する。原稿をまとめ小足で出口に向かっている歳を重ねたこの男に彼らが示す深い敬意が、敬意の取り消しであり悪意の宣告であるとは、彼らに知りようもない。かつてあったもの、そしていまあるものに向けて人から捧げられる尊敬、それがいかに軽視へと変ずるものであるか、これを経験するには彼ら自身老いていなくてはならない。過去の存在を敬意のまなざしで見ることは、その存在がこれからまだなにかになる可能性があるという考えをもはや許さないのだ。彼らの顕彰のなかには哲学者の死がすでに先取りされている。拍手喝采。ブラーヴォ、ブラーヴォの歓声。けれどもいまや自身に戻り、世界に入ってゆくのだ！　優良で偉大なる老爺だった。彼のあとにはもっと偉大でより優良な者がやってきて、そしてわれわれ若者たちはそこにいるだろう。――巨大なホールは空になる。

冷え冷えとした町をとおって家路についたAはひとりだ。この町も新しい街路と建物とともにおおきく様変わりしてしまい、道を確かめ一方通行路に入り込まないよう日々骨を折るようだ。自分のほうが七歳ほど若いとはいえ、その差も日に日に収縮しており社会的年齢は同じであるジャン＝ポール・サルトルと、彼はともにいる。この瞬間ホテルの部屋で疲れ果てて床についているかもしれない偉大なる同志とは異なり、彼は著名な哲学者ではない。とはいえ彼にしてもすでにかつての彼であり、講演から出てきて通りを横切り、彼の世界を自分たちの世界へとまさに変えようとしている若者たちは、彼からも世界を奪っている。彼らを眺める分には心地良い。彼らはひとつの驚愕だ。彼らに教え諭すことは可能であり、またそうしなくてはならない。それでもいつだって彼らのまえでは恥じなくてはならない、彼らの抱擁をまえに、彼らが計画している著書のまえに、彼らが創設する政党のまえに。けれどもそれはなんと簡単なことか。社会が私たちに社会的年齢を負わせるのだ。社会的年齢がある高みにようやく達すると、その地点で私たちが行った、あるいは行わなかったことへの総決算がなされ、そこで社会は私たちを打ち砕く。そのとき社会が従っているのは、日々あらたに形成されている、成長と未来を味方につけた青春の不文律だ。私たちがサルトルという名であろうがX氏という名であろうが、私たちに拍手喝采と撮影のフラッシュがついて回ろうが、私たちが無名人として通りを走ろうが、老齢にあっての私たちの社会的な消滅は既定事項だ。私たちは、こうこうある者として、これとそれを所有する者として構成されている——そしてそれによって、この先に成るものから締め出されている。未来はすでに終わっている。孤独な時間には私たちが虚構の《真の》自己を愛でようという気分にあるにしても、私たちには私たちの社会的自己が与えられている。

私たちにできるのは——わずかな陽光を浴びた老齢の幸福のためにほとんどの人がこれを試みているのだが——評決を受け容れることも公然と拒絶することも拒んで自己幻惑へと逃れゆくことだが、とはいえ私たちは実際のところうかうかと自己幻惑に耽っているわけではない。そのとき私たちは絶無化された者ではないし、精神病者でもなく、まさに老いゆく者、年老いた人びとであり、正常性の単調さのなかに埋没したどこかの誰か、どこにでもいる誰もであるのだ。ご機嫌いかがですか？ ええ、年齢相応、そこそこにやっております。そして訊ねた側の作り笑いと訊ねられた側のきまり悪そうな笑み。これでどうにか折り合いがつくのであり、誰がこれを否定しようというのか？ 世間の人は感じよく接されると、躊躇う必要もないので、前向きな姿勢について語る。私たちは反乱も起こさず不平も漏らさず、よく言われるように威厳をもって老いるよう求められている——そして私たちに出された、私たち自身の弱さや怠惰と結託したこのような要求は、結局はかなえられるのだ。

前向きな姿勢で威厳を保ち不平なく老いる、これには二つの観点がある。ひとつには成長を追い求める、そしてこれは自己愚弄で好まれる下策ではあるのだが、《若者たちと若いままでいる》ことだ。それなりの経済制度を備えた社会は力強く後押しをしてくれる。人生がはじまるのは四十、五十にしてからだ。〈五十五にしてカリフォルニアで幸福に隠居するには。閉経のあとでも女性が性的に幸福でいられる。[22]〉人は見た目が大切、若づくりしておけば若いままでいられますよ。老いゆく者に変わらぬ存在という拘束衣を着せることで、それどころか彼を経済過程から追放することでその男を打ち砕くその同じ社会が、かつて青春を消費したのと同様に老齢を消費するよう彼に求める。この誘惑は魅力的だ。誘惑に身を任せればあちらこちらで世界の数切れを本当に捕らえるからだ。ある者は若く流行の身なりをして若い女性と結婚し、六十で息を切らせながらジャーク[23]を踊る。またある者は急ぎ足で時間の後を追いかけ、場合によっては時間に先立ち、見ていて気恥ずかしくなるようなやる気満々の勢いで、〈宇宙競争の勝利[24]〉や言うことを聞かない悪童や本人の弁では夢中になっている最新小説に対してうっとりとしてみせる。本心では休息やフォンターネを求めているのではあるけれど。そのとき、かくもきらびやかに若いままでいる者たちは、たとえば社会と了解しあっているわけではないが、おそらくは経済や公論という社会の上面とは協調している。新聞広告や街の貼紙広告、大衆紙記事ばかりか、真摯な、とはいえそれ自体も機構に仕え執筆され機構の目的のために発表されている社会学的研究、これらが指示するとおりに彼らは行う。服従が許されるならばおおいに快適であるようだ。命令する側は悪いと知りながら命令をくだし、服従する側は自身の理性的認識に逆らって屈従しているならば、なんら差し支えない。

老いへの《前向きの姿勢》は、まったく別な態度を取る場合もある。これは経済機構から公認されていないにしても、それでも慣習を通じて栄誉を授けられている。老いゆく者の牧歌的生活への退却のことだ。この場合、社会によって絶無化されるのを彼が否定するのは、時間を追いかけて喘ぐことによってではなく、逆に時間から身を遠ざけて足早な時間を肯定することによってである。老いるのは麗しく善きことだ。若かったときがあるんです、なる言には、齢を重ねた、だから私の言葉は適切なのだ、という含意もあるだろう。老いゆく者はとうに自分の持ち分を確保しており、それを、ああ俗世よ、ああ私を放っておいておくれ(25)、と言って後生大事にする。社会が彼に、現在の自分、過去の自分であるよう命ずることによって、彼には無の平穏が与えられるのに彼は満足している。社会はもはや彼に多くを期待していない。彼が時代遅れになった事柄やさんざん語ってきた話をくり返すのを期待する程度だ。これはおおいに気が楽だ。収穫を刈り入れた、と彼は言う。晴れ晴れとした顔で彼は窓辺に座り、逆さにしたオペラグラスを通すように世界を観察する。そこであくせくと追い求められている事柄は、彼の目にはごく些末だ。ゲームは終わった(26)、ここで彼にはもうゲームに加わる必要はなく、見物人に鞍替えして無責任な助言でもしていれば良い。彼は応分のことを為した、いまや他の者たちが何をできるか示そうとも、彼は羨みもせずに彼らが消耗するさまを眺める。愛しい時よ、ぼくはもう多くを見てきた、王位が失墜し、国々が成立し、さまざまな哲学が世界をつかまえては二十年後には色褪せ、流行がやって来ては去り、人間が生まれては死ぬのを。人は大いにして永遠なるものに、そして携えてゆくはずの自分の金庫にしがみつくにちがいない。牧歌的生活のなかで老いゆく者、老いた者は社会による絶 - 無化など、殺気立った若いままの者と同じに気にとめない。後者は、自分を越えて進行する時間を取り戻せると思い込み、前者は、時間に対して永遠という概念ポエムを対置して時間をあっさり否認する。両者は虚偽と〈自己欺瞞〉[27]のうちに時間を生きる。

一方、老いゆく者として自分の状態の真理を生きようと試みる者は嘘を放棄する。しかしだからと言って、結局のところ公然たる矛盾であると避けようがなく露呈されざるをえない曖昧さから逃れはしない。彼は絶 - 無化を受け容れるが、こうして受け容れながらも反抗しつつそれに対して決起するときにしか自分自身を護りえないのを、そして——覆しえない事柄を肯定したこの受諾の本質はこの点にこそあるのだが——彼の反乱が挫折を運命づけられているのを承知のうえになる。彼は絶 - 無化に否と言うが、同時にそれに諾と言う。なぜなら、見込みのない否定をしてのみ彼は彼自身として、不可避の事柄に立ち向かえるからだ。彼は自己を奪われる正常状態の単調さなかに消え入りはしないし、精神病院に避難所を求めもしないし、若者の仮面や虚偽に満ちた老齢の牧歌的生活で自分を欺きもしない。彼は社会が指示するとおりに、自分がそうであるところのもの、ひとつの無であり、そして無であるのを承認してこそいまだひとつの何かであるのだ。彼は他者の視線による否定を自らの事柄として、それに抗して決起する。彼は果たしがたき企てにかかり合う。これは彼にとっての成算ある機会であり、もしかしたならば本当に尊厳をもつて老いる唯一の可能性なのかもしれない。

世界をもはや理解できない

人は境目に差しかかると、ある者は何年か早くある者は少しばかり遅く、誠実さで身を固めている者もいれば、どのみちまともでないと判明する自己幻惑に囚われている者もいるが、自分が世界をもはや理解できていないといつかしら経験せざるをえない。社会的に老いるというこの観点、それはもっとも広い意味での文化的に老化することであり、それが明らかになるのはたいてい、かなり緩慢で劇的でない連続した認識過程にあってだ。まずそこにあるのは、老いゆく者が時代の《文化的隠語》とひとり呼んでいる事態への麻痺したような嫌悪感だけであるのがしばしばだ。そのとき、彼も同様にそのような隠語を使っているのではないか、ただひたすら古めかしい隠語を口にしているだけで、自分で考えているように純粋言語、ただひたすら言語そのものを語っているわけではないのではないか、という問いを受けつけない。やがてある種の雑誌や書籍を読むにあたり、軽い不快感が彼を追ってくる、そして彼は、流行、スノビズム、さまざまな主義主張、尊大な物言いについて拒絶的に諦めたように肩をすくめて語るのを好むようになるだろう。とはいえ時代遅れの反抗的態度をひけらかして脇に離れていたくはないため、そうするのはしばしば控えておく。新しく不馴れなものに向けたまったく通俗的な反抗ならば、精神史上つねにくり返されている現象としてこの教養人は馴染んでいるかもしれない。一八七四年パリでの第一回印象派展で何が起きたのか、なぜそのような出来事が生じなくてはならなかったのか、いかなる理由からモネと彼の友人たちに対する抵抗は結局のところ恥じ入り消え入ってしまったのか、彼は知っているかもしれない。

それでも彼は今日、レトリスム[1]、底辺レトリスムに超絶レトリスムに対して抱いている腹立たしさを、これ見よがしの寛容さへとさほど造作なく転換はできないだろう。寛容とはそれなりに無理解の一形式にすぎないのだ。老いゆく者が示すそうした反抗的態度は、彼に知的な骨折り、感受性の切り替えを要求する文化現象にかぎられず、たとえば流行の衣服のようなきわめて副次的な推移に対してもなされる。

Aはファッション誌を繰るたびに、次には自分のドレスを流行の要請にあわせ光沢をしっかり消して仕立ててもらうだろうとよくよく承知しながらも、新作は彼女にとってひどい不満の種であって愚の骨頂に思える。新作は今回もAにとって見るからに常軌を逸し突飛であることに不快感をかき立てられ、同様の折にもう何回もそうしてきたように古い写真帳を取り出してきて、彼女の意見からすれば本当に魅力的で似合うものがどんなであったかを再確認する。それらは、今年服飾デザイナーが彼女に要求している痛に障る代物とは対極的だ。三〇年代末の写真をひと目見やるだけで、そもそもアルバムを持ちだすまえからすでに感づいていたこと、それでも予感を抱きながらも経験にもとづいたよりよい知識に抗してひとり認めないでいたことがまたも起こる。彼女の若き日のファッション、回想によって打ち立てられた彼女の自己の重要な一部である彼女のファッションが、いまの自分の目にはまったくありえないものに、少なくとも次のシーズンには馴染んでいるにちがいない新作と同程度には異様に映るのだ。そこでは彼女自身木蔭にいる。やさしく規則的に頬をうつウェイヴのかかった髪、ほとんどくるぶしまで届くスカート、肩が滑稽なまでに凹型に裁たれパットの入ったジャケット、名状しがたいスラウチハット、彼女としては首を横に振って、雌牛然だと形容するしかない、視線を上に向ける様子。なんだってこんなものを、かつて彼女自身そして他の人びとも好んでみせたのか？　そのとき彼女は、きわめて月並みな出来事の連鎖ですら決して容易に進行するわけではない様子を経験せざるをえない。流行遅れのものが滑稽で気まずいのは、それが古くから知っていたもので、これが時代に追い越されたときに自分がそこにいたからであり、それとは逆に歴史的なものは古くから知っているわけではなく、その侘しい降伏のとき自身は居合わせなかったのだからそうではない、そんなふうに考えなしに語られては口まねされている。もっぱらそう言われているようであるならば――実際に事

情がそうであるというならば、時代遅れになったものがもはや見つめられるだけではなく回想さ
れるときには即座にいささかも滑稽でなくなる、ということの説明がつかなくなってしまう。Aは写真帳を閉じ、目をつぶり、過去のなかに浸る。小振りの縁なし帽子、綿を詰めたジャケット、くるぶしまであるスカートを、自分自身のものとしていま彼女は見つけ出し探索し、視線をあげるしぐさをもういちどやってみせ、その魅力的な効果をふたたび彼女は完全に確信する。頬にかかるウェイヴしたいつかの髪は、ふたたび両手で触れられるのをAが信じているため、一九三八年の優雅さをいま取り戻した。傷は治癒している。新作に抱いた反感を、昔の写真をじっと見たとき戸惑いながら放棄せざるをえなかったAだが、この反感にふたたび信頼を寄せるのが許される。むろん彼女のドレスメーカーが仕立てる流行に応じた最新作を創意に満ちた作品として彼女は推奨するだろう、とはいえ彼女がそれらの衣服を着けるのは自分自身の確信に反して、残念ながら社会に対して必要な譲歩としてのことだろう。彼女自身は当世風のそのような服飾におかまいなしに、当時の少女のままだろう——そして彼女の自尊心を疑わしくさせる写真に用心をするだろう。これらの写真が彼女に示す当時のファッションは力を失い、損なわれ、今日の視線によって変貌させられている。それが回想のなかで昨日の衣裳はその真正さをふたたび手に入れる。大脳が働く過程の客観的な物質性から回想するまなざしの主観的な実存へと移行できない出来事の非現実性は、写真像のありありとした実在よりも現実的だ。

これではまだ、老いゆく人間の文化的疎外について、より良き認識に抗して湧き起こる、彼に向かってやって来る新しいものへの執拗な憤懣について、何ごとも言い表したことにならない。とはいえ助走くらいにはなっているかもしれない。Aの体験など、老いゆく男女の誰もがいつでも望めばくり返しうる徹底して月並みなこの経験など度外視して、私たちにはそこに隠れている根本事実へと目を転ずることができる。Aが写真帳をめくるときには、彼女の抵抗にもかかわらずつなぎとめられている現在の記号体系のなかで当時のファッションを見ている。そして回想の過程で、同じファッションの事実を彼女が自分の自己をさまざまな追憶から打ち立てたために同様に離れられずにいるかつての記号体系に関連づけている。

老いゆく者の文化的疎外は、未知の記号秩序のなか、それどころかまったく新しい信号のもとで自分の位置を知ることの困難さ以外のなにによっても解釈できない。交通標識がまだいたるところで大陸のそれに統一されていなかったときのイングランドにはじめて旅行に行った自動車運転者がすっかり戸惑って不安な気持ちでゆっくりとしか前に進めないように、老いゆく者は時代の文化記号のなかをさまよう。半ばまで露出した女性の太ももはAにとって、この季節のファッションに心乱されるときに彼女の若い時期にもっていた意味をあいかわらず保っている。性愛への心がまえならできていますよと漏らす挑発、したがって——ふたたび当時の記号統語論に則り——淫らさ、という意味だ。けれども現在の体系にあって記号は別な配置となっている。むき出しの太ももはもはや性愛を迎えますとの告白ではない。そのような告白はそれで、もはや挑発でなくなっている。そして挑発を淫らさの概念に組み込むことはいまやできない。つまり記号の意味と称されるものは必ずしも記号が指示する対象ではないかもしれず、むしろ、ある記号の別な記号との関係であり、意味ある体系とはそれぞれの記号のそれぞれの記号との関連の裡に存している。

老いゆく者が、彼にかつて未来と世界と空間を約束していたが故に彼の時間だった、そんな過去の座標系のなかにこの時代の文化諸現象を置こうと努めるのに応じて、彼は自分の時代に対してよそよそしくなる。よそよそしい感触は彼には不安のかたちをとって明瞭となり、この不安は不機嫌や無力な拒絶のなかで客観化される。今日六十歳にして知的な議論を見守る者には往々にして、合理主義と非合理主義の衝突、ベルクソン－バンダ論争[2]を、思想家たちがわかたれる枢要問題と見なす傾向がいまだにある。そのとき彼が合理主義陣営の強力な戦士であると無根拠というわけでなく、とにもかくにも見なしているマルクス主義者が、いまやなかばハイデガーに肩入れしているさまに気づくならば、時代精神が道を踏み外してしまっていると、それもその語義どおり本来の場所からずれて狂っていると彼には思えるにちがいない。彼の時代の哲学的数学が魔女の九九[3]になっているのだ。同時代の映画作品のなかでフラッシュバックにはもうなんの時間的論理もなく、彼にはあたらしい記号秩序のただなかでもはや映画を美的に評価できないというだけでなく、筋展開――それですらかつての記号統語論の意味では幾重にももうまったく筋展開などではないのだが――を追うことにすらとてつもない苦労を要するとき、同じ不安が、それどころかパニックが彼を襲う。年々歳々毎月毎月様相が変わる都市のなかにいると、老いゆく者は自分がどこにいるのかろくにわからなくなるし、彼の持っている古い世界地図は、かつての英国領、フランス領植民地がとうにその名称もなかなか覚えられない新興独立国家になっていて何の役にも立たなくなっている、それと同じように、器楽演奏であれそうでない具体音楽《ミュジク・コンクレート》であれ、新しい音の連なりの藪を、新しい単語と文の形成物の藪を彼は絶望的にさまよう。こうした者に対しては寛大であるべきだ。新しい詩的構造を前にした反動的な頑なさとして示される彼の理解のなさに対しても、一日がもたらすあらゆることに対して同じ無理解にもとづいた寛容を示し、性急にしかも不当にそれを肯定する態度に対しても。

ここでよくよく考えてみるべき点がある。記号のさまざまな体系は、同時代の内部にあってきわめて異なっている。たしかに、重要さを割り当てる複雑な過程の帰結としてつねに超越体系《システム》が確立される。この超体系からするならば現代では、たとえば構造主義が実存主義よりも上位に、時間の流れに依存せず人物描写にもはや囚われていない新しい小説が写実的な小説よりも、マルクーゼらのようなとりわけヘーゲルを後ろ楯としたマルクス主義がカント的なマックス・アードラー(4)よりも進んでいると整理される。《パパの映画(5)》のたぐいの概念はすでに日刊紙にすら浸透しており、老いゆく者自身それらを用いて、そうすることでそれらの概念が含む価値秩序を、不信感、不快感をともないながらにせよ受け容れている。そのときどきに支配的である超体系内部で、部分的にはこれと矛盾しながら、とはいえそこから完全に独立してということは決してなく、いくつもの個別体系が形成される。それらは美的領域では趣味の諸秩序が不安定であり、合理的－知的領域ではさまざまな知的図式は美的領域に劣らず緩やかで不明瞭である、というように重なり合っている。精神的に新実証主義の体系のなかで生きていれば、構造主義者とは別な標識にしたがっており、構造主義者が参照する基準は新実証主義者と別であるだけでなく、マルクス主義者、実存主義者あるいは現象学者とも別になる。それでも彼らに共通しているのは、時代遅れの体系から独立していることだ。世紀転換期ころ生の哲学と呼ばれていたものは彼らに縁遠くてどうでもよく、そしてそのかぎりで彼らはみな自分の時代の錯綜の内部で動いている。ある体系の規模がおおきくなればそれだけ、主体にとってこの体系はより抽象的に、そして同時により画一的になる。超体系もしくは時代体系は、それぞれが住んでいるより狭い秩序の構造ほどに直接個人に干渉しない。構造主義者にしてみれば、マルクス主義の概念よりも自分の選んだ哲学概念のほうが関係深いものの、テーオドア・レッシングやルートヴィヒ・クラーゲス(6)の秩序構造によりもマルクス主義のそれに立ち入るほうが容易であるのはマルクス主義者と共通している。いちばん狭く具体的な体系はむろんいつでも個人的な体系で、そのときその中心にあるのはもはや《時代の精神》でもなければあれやこれやの教養でもなく、彼の人格のなかにある個々の精神そのものだ。ここではさまざまな基準が心的な事実となっていて、それらは情緒的な色合いを帯び、実存的な密度をもつ。

どんな個人もある一定の記号体系の中心であり、基準となるさまざまな点を定めた彼自身の現存こそが座標の中点であってそれ以外のなにものでもないのだから、それゆえに老いゆく人間にとって、自分の眼前で成立したとはいえ自分の思うようになる度合いがよりいっそう減じてゆく時代の記号を把握するのは極度に難しい。そのような人にしてみれば、『特性のない男』でウルリヒが友人ヴァルターと交わす会話[7]やナフタ氏とセテンブリーニ氏の「精神活動」[8]、ジャン・バロワ[9]のような人物の反教権主義を取るに足らないと、ないしは歴史的にならどうにか興味をそそると見なすには、いささか骨を折るだろう。あるいは彼は、自分の古い写真をしげしげと眺めるときのAのようなのだ。彼がそれまで現代の弁証法の大家[10]を読んでいたのが、ユダヤ人イエズス会士とイタリア人フリーメーソン会員がダヴォスの薄い空気のなかでくり広げる論争に転ずるや、苦笑いをもって接するかもしれない、けれどもAが一九三八年のファッションをそうするのとちょうど同じに彼が弁証法大家を数分間脇にのけるだけですぐさま、ふたりの論争はあいかわらず本質的な議論であると回想しつつ身をもって知ることとなり、ついには今日の弁証法的賢《さか》しらさなど無駄に深遠ないし高邁な長広舌であると見なすだろう。というのもさまざまな体系のなかでももっとも狭い体系、彼の自己が力を与え秩序を規定する中点であるような体系、これがこの自己を構成しているのだから。この体系のどのような関係、どのような姿も彼自身の一片なのだ。老いゆく者にとって彼の時代の超体系およびこの時代の内部で形づくられた下部諸体系の大多数は、彼の個人体系の大幅に変貌した要因しか含んでいないということであるなら、彼の疎外はひとつの全体的疎外となり、彼に残された逃げ道はよりいっそう深まる疎外へと通じるばかりだ。所与の諸体系に彼が断固たる拒絶で答えるなら――なんとまあ、今日哲学と称されているいっさいが空虚なおしゃべりであり、絵画として私たちに見せられているものは救いようのない駄作で、詩と称されているものは混乱を引き起こすいかさまであることか――、そのとき彼は自分の時代から離脱し、世界にとっての異分子、奇人変人となる。それに対し彼が新しい諸体系を受け容れようとするなら、どのみち自分の個人体系の取り壊しという代償を払わなくてはならないのではあるが、昨日にはまだ彼の所有物だったものを放棄し、正確な意味で非本来的となり、そして疑わしい取引にあって支配体系を担うものたちの承認を入手することなど決してできない。なぜならば支配体系の担い手たちは当然にもこう言うだろうからだ。彼はたしかにとても好意的であり、老齢にしてはともあれ少なくとも《開かれて》はいる、でも適切な理解力をどうしても欠いているにちがいない、と。これは辻褄が合っている。新しい記号とその諸関連が充分に有効性と親しみやすさをもつのはいつでも、その考案と配列に自身で関与した者にとってだけであり、新しい記号が習得されるのは、それが作られることによってのみだ。かつてのよそ者の客は、見知らぬ交通標識のただなかにいる自動車運転手のように、それらのなかでつねに苦心を重ねてでしか勝手がわからない。

もう長いことAは、聡明であるとともに激烈な現代の文学批評家と歩調を合わせようと努めている。この批評家は、彼の青春時代に愛読詩人のひとりだったシュヴァーベン出身のスイス人ヘルマン・ヘッセを遠慮会釈なく低俗作品《キッチュ》作成者と宣告していた。たしかにいままで彼、Aにしてもかわいそうなヘッセに必ずしも忠実でありつづけたわけではない。そしてもし今日、デーミアンと彼のロマンチックな友人ピストーリウスがいっしょに燃えさかる石炭を見つめていたときの様子[11]を読み直してみるなら、おそらく彼にとっても困った読書となるだろう。ペーター・カーメンツィントが市民の娘レーズィ・ギルタナーに寄せた愛はずいぶん俗物的に思えるし、荒野の狼ハリー・ハラーの両性具有者ヘルミーネに向けた情熱は、たまたま彼がこの本をふたたび開くことでもあれば、もったいぶっていると同時に滑稽なものであるのは明白だ。まあ仕方ない。かわいらしい娘と寝るのは心地良いと老いた五十男が遅ればせながら教わっていたような代物だ、つまらない話にそう大騒ぎをするべきではなかった。けれど低俗作品《キッチュ》という語をかくもためらいなく扱うのは、Aにしてみればやはり大胆な冒険のように思える。彼自身もっと現代的で批判的な激烈さに踏み切ってみたいものの、同時にこの批評家に向かっては、古いものへの寛容を説いてみたいと思う、彼自身新しいものに対して寛容に接する気構えをもっているのだし。むろんその場合、寛容はそのまま寛容ではないし、新しいものは時間のなかでより先にあるという単にそれだけでいつも正しい、と承知してはいるのだが。これは低俗作品《キッチュ》および文化的老いとどのような関係にあるのか？　とAは自問する。それはファッションではそうであるように、昨日の新作はそれが残念ながらまさに昨日のものであるがゆえに、この充分に明らかな理由からだけで困った笑止なものであり痛々しい恥である、というのか？　おそらくそうだ。なにはともあれ目につくのは、ファッションの場合でも文学上の審美眼の場合でも、歴史事象――それも、伝統的な教養によって列聖されていなかった場合でも――が時間の進行過程に屈していない点だ。ローエンシユタインもホーフマンスヴァルダウ[12]も珍奇ではあるが、ルネサンスの孔雀めいた男性ファッションと同じに笑止ではない。きまり悪く痛々しい物笑いの種、つまり低俗作品《キッチュ》、それはいつだって、とAは考える、昨日、流行として体験されたものだ。ヘッセ、〈雅な〉という形容詞、これらは今日では引導を渡されている。というのもそれらは昨日のものであり、昨日には広く知られていた、ということは、大量使用によって使い古され価値を下げてしまったのだから。ヘッセが雅さに献身していたのと同じ時代、不気味でぞっとすることを書いていたカフカは、私たちが同時代の低俗作品《キッチュ》とかかずらっているときにすら、歴史過程である低俗化《キッチュ》の過程に捕らわれなかった。

これはなにも彼の作品がヘッセのそれとはだいぶ異なった構成分子から成っているからではなく——実際にそうなのだろうか、そして他ならぬヘッセが強くカフカを推していたはじめのうちのひとりだったのは純然たる偶然だろうか？——、このプラハ人はシュヴァーベン出のスイス人とは対照的に同時代の流行でなかったからだ。カフカの流行は、カフカがもはやいなくなってはじめて生じた。だからカフカ流行は、反流行の仕草で登場し、歴史的であると同時に未来を指し示すものとして成立しえたのだ。

Ａは美的および知的な変化の進展をできるかぎり心にとめておこうと試みている。そしてあの雅な人物が低俗《キッチュ》であると頭ではわかっても感覚ではわかろうとしないほどに救いようなく彼は反時代的なのだが、この自分の文化的反時代性を歴史的に正統化しようと試みている。こうした事実は彼にとって、まさに抽象的で理論的な安堵を意味しているにすぎない。そこで彼はさしあたり、批判的な精神の持ち主が道を踏み誤っていたのを疑わない。この男は、若いヘッセが住まわっていた記号体系内部で《雅な》という語が他の記号とどのような関係をもっていたのか探り出す労をまったく取っていなかったからだ。罪を負わされたこの形容詞は、その時代の日常言語の個々の美的構成要素と、被服のファッションと、学校読本のなかの叙情的言語やその他の当時《現代的》だった言語と、世間で流通している音響および形象の構造と、どのような関係の線で結ばれていたのか？　レーズィ・ギルタナー風の若い女の子たちがシンディングの春のささやき(13)

をピアノで弾いていた。リーリエンクローンが読まれていた。シュトルムが没してからさほど経っていなかった。(14) 雅という語はまだ雅ではなかった。ヘッセはヘッセでなかった、一八〇〇年のヘルダーリンがヘルダーリンでなかったのと同様に。(15) ——こうしたことをあの精力的な批評家は熟慮しないままに、諸記号のなすある等級内部でしか意味を持たない記号についての正当性ないし不当性の厳しい判決をくだしたのだ、とAは考える。とはいえヘッセに対する批判的な裁判官をそう無造作に片づけるわけにはゆかない。彼は自分の時代の一員としてその時代の記号体系を築くのに加わる権限を用い、ヘッセ記号を新しい関係のなかへと置き入れ、そうすることでこの価値を転換し変化させた。彼の企ては許されないものではなかった。体系というものは静止しておらず、つねに更新の過程にあるのだから。雅とヘッセ、ヘルダーリンと風のなかに言葉なく立ち尽くす壁、(16) もしこれも必要というならデーメルと《ディアグローニ・グライア・クリルララ》(17)、これは歳月を重ねるにしたがい新しい記号秩序のなかに組み入れられ、その語義を変転させる。かの批評家は記号の整理係、意味づけを行う者として、あるいは意味を奪う者として振る舞った。彼には好きなようにさせておくべきだ。

それはともかく。あるやり方を認めるのかどうかと、Aにはいっさい問われない。彼の考量、ひとりの老いゆく者の思考の連続は、ある思考の敷居で挫いてしまう。そのとき彼は、この鋭利で批判的な頭脳の持ち主がすべての点で何が何でも正しいわけでないにしても、それでも自分、

Aにはこの相手に対して決して正当性を主張できないと悟らざるをえない。なぜなら彼にとってすっかり古びた現象には消し去ることのできない特別な事情があるからだ。それらの現象は彼の個人体系内での記号なのだ。諸現象間の関係がもつつながりは、相互主観的に固定できる基準点のみに結びつくのではない——雅などという語は、シンディングの春のささやきを弾く少女たち、あるいは当時の旧『新展望』誌[18]に載った論文ばかりにもっぱらふさわしいわけではない——、それだけでなく一定のまったく個人的な事情、つまり彼が雅な情景やディアグローニを読んだときに住んでいた住居、通り、町や、彼の愛した少女たち、さらには当然にもそれよりはるかに些細なこと、着ていた衣服や訪れたカフェなどにも結びつくのだ。何年にもわたってその生の香りを引きずっている個人体系から脱するなどおよそありえない。突然Aには、かつてアヴァンギャルドだったエルネスト・アンセルメ[19]がセリー音楽を攻撃するごりごりの反動本を執筆したことが理解できた。かつての反逆者ココシュカが老いて、現代絵画についてひどい言葉を漏らしたときに居合わせた、恥ずかしい光景を理解する。ココシュカやアンセルメよりはるかに若い彼自身が雅さから逃れていないように、言い換えるなら、さまざまな記号は彼の個人体系の記号として彼の人格に一体化しているため彼にはこの雅さを記号の新しい等級に組み入れられないように、大指揮者にしても画家にしても、彼ら一九一〇年の前衛が踏み越えることのできない最後の地域を制圧したわけではないなどとは信じられないのだ。

自分には、と彼はつぶやく、努力さえすれば新しい記号を習い覚え、すべてと言わないまでも今日の諸秩序を見渡せる、それはたしかだ、と。詩で見てみよう。十六のときに愛したリーリエンクローン、それより少し後に読んだリルケ、それにつづいて彼の個人体系の構成要素となったハイム、トラークル、ヴェルフェル、エーレンシュタイン[20]は終わっていなかった。みなその後もつづいたし、これからもつづくだろう。だがいま彼のまえに一篇の詩がある。《ひゃじめに言葉があったわん　言葉は神のもとにあったわん　神は言葉だったわん言葉は肉にゃったわん　ひゃたしたちのほとに　住まわった　……[21]》これは唖然とするような変奏を遂げて、最終連は次のように終わる。《……しゃじめにしょとばがしゃったしゃん　しょの言葉は三味のしょとにしゃったしゃん　三味は言葉だったしゃん　しょとばは朱肉しゃったしゃん　しゃたちたちのしょとに　署回った》そう。これは不逞でも不埒でもない。あっけにとられ頭に手をやるほどまったく新奇であるわけでもない。Ａの顔には俗物のにやにや笑いもなければ、保守派が見せる憤慨の表情もない。彼は理論的な著作のあれこれを読みかじってきているので、こうした記号の構文はある程度はわかっていた。彼は誠実な努力を注いでいる。けれども骨折り損であって、彼にはなじめない――ああ、〈ディアグローニ〉はどこへ消え失せてしまったか？――〈しゃたちたちのしょとに〉、とともに。すると突如彼には、不気味な事実が解き明かされる。老いゆく者にとっての変化は、支え運んでくれていた肉体が煩わしいものに、重荷になってしまったというだけではない――文化もまた、機能不全の心臓、過敏な胃、虚弱な咀嚼器官と同様に艱難辛苦となる。日々新しい記号と体系を習い覚えなくてはならないのが、はなはだ難儀なのだ。一九四五年から一九四八年のあいだ、フランス実存主義の精神地図を解読するのは、彼にとってそう容易であったわけではない。それらの知識に彼が自信をもつやすでに、そこに記載されていた見取図はもはや一般に認められておらず、新たな境界線が引かれたのを知らされるはめになった。ラカン、フーコー、アルテュセールがそれぞれの記号体系を創りだし法典を公布しているさなかに、それらをサルトル記号に翻訳などできないと、彼は表明せざるをえなかった。プルーストを語る者にとってル・クレジオを学び直すのはかなりの難儀だ。もし彼が努力を惜しまず審美的著作の研究に勤しむ決心をするなら、〈しょとばは朱肉しゃったしゃん〉ともおそらく多かれ少なかれ折り合えるだろう。そのときには敬意が拉《ひし》がれた気分で自身の反時代性を意識しながらそれらを見て、彼は脱帽する。そんなものを見なければ気分はもっと良いに決まっている。彼にはもう登ることのできない、それゆえ彼の人格の否定である山と同じように、現代文化の記号言語は彼にしてみれば自分の自己の否定として現れる。そのときたしかに、不機嫌な老ゲーテにロマン主義者たちが反対したのはもっともだった、時間の経過という点から見てもっともだった、それと同様に自分に反対する者たちはもっともだ、と彼には言うこともできる。とはいえ自分の記号体系が取り壊されるのと併行して自分の個性が破壊されるのを、彼には楽しめない。時間が過ぎ去るのが進歩と呼ばれようが呼ばれまいがどうでも良いが、時間が過ぎ去ることで突き放され、墓穴に突き落とされたもの、これを彼は追い払わなくてはならない。葬儀後の喜ばしき会食に同席しようという気など彼にはない。

そして、彼と同年代の女性が写真帳を脇に退け目を閉じ回想に身を任せて昨日の全記号体系をもういちど作動させれば、すっかり古びたファッション記号を魅力的であると見なせたように、Aはもう誰も聞く耳をもたないデーメルの詩句を暗誦する。疚しい思いを抱えながらではあるのだが。というのも〈ディアグローニ〉が大騒ぎをしてみせるようなものでないのを承知しており、さらに、目を潤ませ若いころの流行歌を口ずさむ老道化のように自分が振る舞っているという、いささか痛ましい感情を彼は抱くからだ。

人間の文化的実存は、人間の社会的実存の一形式だ。したがって人間の社会的現存と見なされているものはその規模全体にあって、人間の文化的可能性に対しても法的効力をもつ。ある一定の、というよりむしろある不定の瞬間、場合場合でそのつどの特殊な関係にしたがって到来する瞬間にあって、彼はすでにそうであるところのものにすぎない。文化的に自己を踏み越える可能性はそこで終わる。すでに集積されていて意識を規定している教養的要素の量は膨大であるので、それは不動の質を帯びているほどだ。身体は老いゆくなかでいっそうのこと質量となりいっそうのことエネルギーでなくなる。文化の受容体とここで理解されている精神もそれと事情は同じだ。

精神はそれ自身によって、時間によって、大儀で困難であるため、新しい記号が挑発したところで精神の緩慢さは増すばかりでもはや動こうとしない。

どの年齢でこの災いは人間に降りかかるのか？　誰にとっても宿命であるのか？　たいていは若年時に、遅くとも中年になって受け容れた、それどころか作り上げられた体系がある一時期に効力をもっている諸秩序に先んじている、そんな人びとがもしかしたらいるのではないか？　そうした人びとなら、老いゆくなか、そして老齢にあって《時代精神》が不承不承自分たちの後を追ってきて、突如として自分たちの体系が文化的多数派に承認される様子を見物して、ことによっては途轍もない満足を得ており、問題全体がそもそも彼らにとってまったく存しないということなのか？　第一の問いにはおそらく誰も回答できない。文化的な老い、受容力と摂取意欲の減退、日々のあたらしい要求をまえにした倦怠と諦念——これらは生理的な老いの過程と同じに個人的なものだ。五十歳が転回点となるのかもしれない。とはいえ信頼のおける統計資料もなく、それは漠然とした見積もりにすぎない。それに対して第二の問いに答えるのは可能であり、それも即座にできる。自分はこの時代に先んじているなどと誰も言えないのはたしかだ。何がアヴァンギャルドであるか誰も知らない。何がアヴァンギャルドであったかが確定されうるだけだ。とはいうものの多くの創造的精神が、時代を引き離したと言えることに満足と安らぎを覚えてきた。アルノルト・シェーンベルクは、彼にとって中心体系である十二音音楽が支配的体系となるのを、老いゆく途上で、そして老いた者として体験した。若かったときには自分の造形上の秩序構造や戒律が誹謗されていた印象主義以降のたいていの大画家たちは、これらの諸体系の勝利を経験することになった。だからといって次の二点がありえないわけではない。ひとつには、場合によっては彼らの生前に、一時的に勝利を収めた中心体系が追い越され、別な体系に取って代わられること、そしてもうひとつには、彼らが個別体系領域ですでに中年時にして自分は文化的に老いていると感じていたかもしれないということが。音楽では自分の時代につねに先んじていた偉大な音楽家が、同時に映画芸術に面したときには精神的に怠惰な遅れた者でありうる。詩人として新しい記号体系を創り出した者が、同時に造形芸術にあっては固陋な趣味をもっていることはありうる。文化的な老い、文化的な老いにともなう疎外、世界への無理解による世界拒絶、こうした事態をたとえいくらかであれ堅固な文章で理論的に確定するのが困難であるのは、ここで体系と称されたものが流動的であり摑みがたいことと関連している。そのときどきに支配的である超体系、少しまえの慣例的な言い回しでならば時代精神ないし時世精神と呼ばれるかもしれないが――これは概念としては撤回されなければならないだろうか？　否でありかつ然りである。否、撤回されるべきでないというのは、ある時代の精神的輪郭を、一定の距離をとって日々の文化的生活にかなったぞんざいさで見るかぎりでは少なくとも、そのような体系が存しているのはまったく明らかだからだ。この文章を書いている一九六八年現在で考えてみるなら、その関係線が時代精神の輪郭となる一定数の基準点を認めるだろう。新批評、新映画、実験詩、不条理演劇、ポップアート、ハプニング、さらにいつも際だったキャッチフレーズとして閃き思い浮かぶもの、それらはいかに個々の現象が他の現象と矛盾していようと、ともあれゲシュタルトとして、いくつかの年号だけによってより以上に結合した統一体として現れる。とはいうものの、視線がもはやぞんざいでないならば超体系という概念はやはり撤回されなくてはならない。その場合には諸々の事態は、それらを全体にしているいっさいを失うからだ。時代精神ないし超体系は個々の体系の総数に、形状《ゲシュタルト》を欠いた量になる。そのとき文化的同時性という考えももはや成り立たない。というのも文化的同時性とは実際には結局のところ、単なる時代系列の抽象的事実に還元されるからだ。アンドレ・ジッドの友人仲間は精神ゲームをジッドの記号体系内で行っており、パリで雑誌『テル・ケル』周囲にいる若手作家たちのアヴァンギャルド・グループなど気にとめない。英米の新実証主義者は飽くことなく自分たちの秩序構造を打ち立てつづけ、ネオ・マルクス主義や構造主義といった運動があることを気にとめない。具体音楽《ミュジック・コンクレート》支持者にとって十二音体系はすでに用済みである。セリー音楽の作曲家は、具体音楽は袋小路に迷い込んでいると主張する。

　支配的であるひとつの超体系が存している——たとえそれが存するのは、抽象絵画も新写実主義絵画も、セリー音楽も具体音楽も、新実証主義的分析も構造主義的分析も、いっしょくたに新しいファッションの法螺であると非難する保守主義者にとってでしかないにしても——という矛盾、つまり時代精神のようななにかが存すると同時に存しないという事実は、さしあたりは些細であると思われるだろう。なにはともあれ森というものがあり、その森にはさまざまな領域があり、そしてやはり一本一本の樹木がある。この矛盾それ自体は凡庸であり、超体系、下部体系、そして個別現象とは現実記述をする際に考えられる仮設であると把握するならば解決できる。ところがそれが文化的な老いというここでの文脈では、それ自体些細か重要かといった範疇を超えた問題としてひとつの実存問題となる。保守派の慢心とは身を持ちくずした者の小心にすぎないのだが、そんなものを免れている場合であってもいずれにせよ文化的に老いゆく人間は、よそよそしく謎めいた世界にいる。そのときどきに支配的な超体系とは、部分的にはさまざまに異なった下部諸体系の複合体であること、本当は文化的同時性などというものはないこと、諸体系全体は彼自身の体系の要素をも含んでいること、おそらくは彼の後にやってくるある日、彼の諸体系の構成要素は変容したかたちで堂々と復活するだろうこと、これらは彼にとって重要性をほとんどもっていない。彼に関連があり、そして深刻な衝撃を与えるのは、日々新たに生まれてくる時代が彼の個人体系に突きつける否認だ。そして彼はこうした無効宣告をどんな新聞記事からも読み取り、どの現代美術展でも確認し、書籍市場のほとんどの新刊書でも暗黙のうちに明示されており、これはまさに現代にあってはとりわけ感情を傷つける形式で知らされる。

情報の密度が濃くなるにしたがい、どんな新しい記号体系もそれが成立するや極端に短縮されて広範な公衆に語りかけようという態度をとり、キャッチフレーズという略号に縮小され、どんなくだらない会話にまでも押し入ってくることで、ねじ曲がったかたちでの民主化を遂げるのだ。文化的に老いゆく者ができるかぎりの骨折りをしようとも、《なかにいること》は決してできない。彼はちょうど通俗哲学者マクルーハンの著書[22]を読んだところだ。湧き出る反感を尊重に値する熱意で抑え、それが功を奏してこの著作に好意的でないわけではなく接することができた。この著書について考えをいくつかまとめようと試みたところ、すでにある高校生がなにかのついでに《メディアはメッセージである》と言っているのが聞こえてくる。これによって彼の個人的な記号体系が失効するだけではない、彼の努力と好意も物笑いの種になる。どこか一般読者向けの記事でキャッチフレーズを目にした高校生が考えなしに反芻してみせることでこの流行哲学の価値を貶め、彼自身によるこの思考系列への低い評価が確証されているように見えたところで、老いゆく者にとって慰めにならない。話は逆だ。成立過程、通俗化過程、そして価値低下過程と速度を増しながら進行する様子を彼は眺めざるをえず、これによってすっかり意気消沈させられる。これは彼の難儀な学習作業がいかに見込みないかが徹底的に明確にされる、という理由だけからではない。つねづね異なる様相を示しており捕らえがたく動的である超体系すなわち時代精神と、何十年もの蓄積になる基本的要素から育まれた個人体系とのあいだに、ますますいっそう多数の体系がこれによって入り込んでくるため、彼自身の体系はよりいっそう遠ざけられ、ついには彼自身にとってほとんど認識できなくなってしまっているからだ。その際に、加速を進歩と呼びうるかどうかという論理的な問いは彼にとってまったく議論の対象とならない。文化的な出来事が彼にとっては自分の個人体系でもってこれをかぎりに頂点にして究極点に達し、その後につづくものはすべてまやかしか愚者の遊戯でしかない、そんなごりごりの保守主義者という誰も太刀打ちできないとはいえ希望もない位置へと彼が引き下がるのでないかぎり——世界に背を向けた者として空威張りをした反対者になるのを望まなければ、彼は速度の昂進を真正な現象であると承認せざるをえず、それどころか、ファッションとか俗物的態度《スノビズム》と彼の呼ぼうとしているものを、加速化が確かである所以に含めなくてはならず、しまいには、昨日はまだあつかましいおしゃべり野郎としてあしらおうとしていたマクルーハン高校生を利発な若者と認めなくてはならない。そのとき彼には新しいなにものも奇抜であったり取るに足りないとも思えない。そのため、それに信頼を寄せない、それどころか敬意をもってそれを受け容れる必要などない、というわけにゆかなくなる。そして彼が時代精神に新しい譲歩をするごとに、彼の世界の一片が崩れ落ちてゆくだろう、ごくごく薄い壁の新しい共同住宅を建てるために撤去された、大通り沿いに面したまだ充分に堅牢な大邸宅よろしく。あの五十女にとっては遅い午後の時間、目を閉じて三十年前のジャケットや帽子がよく似合っていた思いに浸っているほうが好ましいにしても、それでも新作を洋裁師に注文するように、文化的に老いゆく者も同様に遅れないよう歩調を合わせる。しかし彼にとってのハプニング芸術は、彼女にとっての今日のファッションと同じに似つかわしくない。

　時代にそぐわないという意識は、それが時代を拒否する防御姿勢へと硬化しないならば、途方もない苦痛となるだろう、身体の絶え間ない苦痛とすっかり並び立つほどの。私たちがそのうえを動いてゆく時間の道のりは、老いゆく者に好意的でなく、過去のいずれかの時間の道のりがそうだったよりもおそらくは敵対的だろう。どのような文化的個人体系でもその中核部分は若年時に形成される。これは生命力と感受性の描く曲線のせいだ。個人体系が絶え間ない活力のなかで刷新されてゆく超体系によって圧倒され、この超体系が現代の情報手段によって付与されるこれ見よがしの華々しさをもって出現するなら、老いゆく者は、重荷としての同時代文化に押しひしがれ、なにものによってしても決してふたたび埋め合わせることのできない自己および世界の喪失をこうむる。その際に、そのときどきに支配的であり混淆したさまざまな超体系が教養的意味で《歴史的》である、とはつまり教育によって伝承され崇められる秩序構造を成立せしめているといったことは、何の役割も演じない。なぜならば、個人体系のうちで受けつがれ引きつがれてきた教養的価値は、当該個人が文献学者、歴史教師、美術史家などといったたぐいの歴史をこととする教養職をもっているのでなければ、たいていはごくごくわずかな意義しかもたないからだ。旧来の複合した教養に特化せず職業にまで凝集していない文化人にとって個人体系は、自分の若年時、せいぜい生の頂点の歳月まで遡ったとき現代的とされていた記号に規定されている。今日五十歳になる教養人の個人体系にとくに浸透しているのはホメーロスではなくカフカであり、カントではなくフッサールであり、ノルデであってティントレットではない。どの超体系もいくつもの歴史体系を統合することに多かれ少なかれ成功している。どの超体系もが、昨日の、一昨日の体系を、すなわち、老いゆく者の個人体系が無数のあり方でそれらから継ぎ合わされている諸体系をこそ破壊する。

Aは、哲学、社会学、メタ言語学を内容とする現代の雑誌エセーをいくつか読んでくたびれたので、一休みして肩の力を抜く。彼は由来のもっと古い何冊かを書架から取り出し、それらで元気を奮い起こし立ち直ろうとした。彼はそれらの書物をふたたび閉じた。だめだ、彼が破れかぶれの思いで読み通して傍らにさんざんこきおろす書き込みをした、まさに狡猾なお利口さを思わされる論文に、これらでは張り合えない。彼には二十五歳の男から不遜なまでに美しい恋人を奪い取る力はないし、以前はスキー板をつけて安定して立っていられたにせよ、スキーの滑降で三十男を追い抜くこともできなければ、いまジュリアン・グリーンを再読してフィリップ・ソレルスに打ち克つわけにもゆかない。過ぎ去ったのだ、そう彼はつぶやかずにはいられない、過ぎ去り二度と戻らないのだ。アドリエンヌ・ムジュラ(23)を繙き、この作品から現代小説の最後の言葉を聞き取った日は。去ったのだ、永遠に、ユリシーズの試みのあとでまだ一篇の小説を構想するのはもう不可能である、と私自身が書いた瞬間は。まる三十年間、私は精神に関する事柄には意識的に生きてきたが、その場にふさわしいかどうかにおかまいなしにポケットから一冊のヘルダーリンを取り出し、これを読んでいるんですよ、私にはこれで充分です！　などと言っている七十歳の友人のように私が今日振る舞いたくないならば——三十年のあいだ自分がいつもある誤りを別な誤りと取り換えていただけなのだと自認しなくてはならない。つねに新たなものが地平線上にのぼるのだからすべては過ぎ去ってゆくという自明の理、同じ川の流れに二度足を踏み入れることはないという太古の智、これが自明であるのは、生きられたものの空間から外に出ようという不可能な企てを人が敢行するときだけだ。どこへ出てゆこうというのか？　記号や体系のない世界へ、空虚な世界、反-宇宙へ。それならば私は自分にこう言えるかもしれない、デーメル、リルケ、ベン、グリーン、プルースト、ジョイスから私が一連の年月のあいだに自分の宇宙、自分の体系を打ち立てたとき、それは次々と誤りを重ねたのではなく、まさにいくつもの段階をなしていたのであって、ポスト・ジョイス時代の小説芸術の終焉を私が告げたとき、ソレルスと彼の友人たちが今日彼らの小説で正しく、明日にはそれで正しくなくなるのと同様だったのだ、と。いくつもの段階、しかし何の段階なのか？　ある発展の段階だ。それは何処へいたるというのか？　これに答えられないなら諸段階について語る資格などなく、ただ出来事をあれこれ数えあげるのが許されるだけだ。私はある誘惑に自分が屈しようとしているのを感ずる。この誘惑は、守勢にあって時間に敵対的に硬直化するのと、あるいはその逆に、日々が私に運んでくるいっさいを慌ただしく乞うように受け容れるのと同様に危険だ。私が犯した一連の誤りを私は、熟知している全精神史でもって永遠の相のもとで自分が見ようとしているのを感じているが、これは良くも悪しくも見ないでいるに等しい。永遠とは、風が凪いで霧のかかった日には海と暗い空が溶け合って水平線が消えているときの北海のように見える。私が記号のない薄暗い海の永遠に関連づけるものを、私は何にも関連づけていない、そして何にも関連づけられないもの、これはこの関連づけないという行為そのもののなかで絶無化される。文化的なさまざまな出来事を永遠の観点から見る、これには文化的に老いつつある者が一定の満足を覚える。しかしそれは同時に、あらゆる自己幻惑のなかでももっとも情けないものだ。本当のところ、とAは軽い眩暈を感じないわけでなくつぶやく、人は当然ながら時間に逆らえないし時間を追いかけるのは許されない、しかしまた、時間の流れから抜け出して無である永遠にしがみつくという逃げ道もない。〈しゃたちたちのしょとに〉に〈ディアグローニ〉にグリューフィウスに、まだまだ何かあろう。ある体系も別な体系も、たいへんな価値があるのとまったく同じにほとんど価値などない。これを言う者は、同様に黙っているにも等しい。

私には、いま時間によって破壊されているように見えるものが、しかしまさにこの時間によって保存されてもいるのだ、と自分にそっと囁き自らを慰めようとすることだって許されている。二、三十年のあいだ私の心を満たして散漫になるのを防いできた、デーメルからベンまで、ヘッセからプルーストまで、セザンヌからフランシス・ベーコンまで、これは、かつてそのときどき私のものであった日々にあって、これらの日々の要求を満たしていた。そして時間がそれを轢《ひ》いて去ってゆこうとしても、その車輪に巻き込まれて先へと連れられてゆくことにもなった。完全に失われてしまうものなど決してない。慰め、思考遊戯。破壊されながらの保持なる発想は、実存領域ではいっさい重要性をもっていない歴史哲学的な構築物だ。プルーストの痕跡がナタリー・サロートの作品のどこに残されているか、これを探り当てるのは文学史研究者の仕事だ。私、のプルースト、ある一定期間、私にとってのみこの作家と結びついた空間で、自身の回想によってかろうじて目覚めさせられる現存の匂いに囲まれて、はじめて読んだプルースト――これを私はマダム・サロートのいくつもの著書のなかでは見つけられない。それは私の実存の部分として取り込まれ、こちらの女性作家には置き去りにされてしまっていた。私にはなすべき何が残っているか？　サロートに肩入れして、かつて私がプルーストと結んだ生の契約をこの肩入れによって破り、私自身を追い越そうと努めることができる。私には同様の離反作戦を、時代遅れになった友人X、Y、Zとの私の文化的契約――それは私自身との結びつきでもある――を破棄して為し遂げることができる。私はなんとか息子のクロードに行きつかんと、松林風景と鬱陶しい葡萄園地主が私に見合ったフランソワ・モーリヤックから遠ざかる。[24] けれど私は目的地に到着しないだろう。クロード・モーリヤックの属するお仲間は私を受け容れない。彼は明日の作家である、ないしそうであろうとしており、そこで明日でもまだそこにいるだろう者たちのひとりだ。思考機械で作曲する音楽‐数学者イァニス・クセナキスのように。それに対して私は、明日には——それは十分後、一年後、十年後でありうるし、遅くとも十五年後には確実に——もうそこにいない。私を老モーリヤックに縛りつけている鎖を断ち切っても意味はない。私がそのようにして彼から自由を勝ち取っても、もう何の役にも立たない。恥ずべき諦念が鎖に縛られたままでいる。自分自身を取り消すところの自由という空間は、私にとってもはや住むに能わない空虚な空間であり、ここへ跳び込むのは恐慌状態に陥った者の行為にすぎない。そして束縛をもはや束縛と感じず自由を自由と感じないで、束縛は取り除けられず自由はもう経験されえない北海の永遠の霧のなかでなんとかやってゆく、これは——いったい何なのだ?

いまや明らかである、それは死だ。文化的な老いに対しては肉体の衰弱に対してと同様に手の施しようがない。それは徹頭徹尾悪しき知らせであり、終わりの告知なのだ。ある文化的記号体系が萎《しな》びるとき、それはいつでも死ないし死の象徴だ。《死せ》ならば老いゆく者もいっしょに見ている。しかし近いうちにそこから《成れ》が際だってくるだろうが、そこに彼の姿はきれいさっぱりない。暗い地上の陰鬱な客、[25] 彼は蹄の音を聞き、だく足の音を聞く。そして彼が生に固く結びついているのと同様に、過去の失われ摩滅した諸体系をひどく愕然として拾い上げる。これらの体系は彼の生だった、だからいまでもそうだ。ただこの生は圧倒的に逆説的な性質をもっている。死に囲まれ死に向けられた、死からのみ意味を受け取る人間の実存の矛盾を含みもつ性質、つまり死んでいるという性質だ。老いゆく者の生、これを私たちは別な箇所で〈自己－時間－回想〉[26]と呼び、空間と世界を約束する若い現存と対置した。この老いゆく者の生は文化的諸関連においては死肉なのだ。雅なヘッセ、酒宴の歌を歌うデーメル、疑いに苛まれるフランソワ・モーリヤック、老いゆく者が彼らから現存の力をまだくみ出していると信じているのに対して、彼らは過去の存在であってすでに腐敗状態にある。

文化的な老いの尊厳が自己実現できるのは、それが埋め込まれた社会的な老化の尊厳とまったく同じに、またしても矛盾を戦い抜く矛盾した反抗においてのみである。新しいさまざまな体系がそこにある。老いゆく者は希望のないままに最後まで毎日くり返しその判読に取りかからなくてはならない。老いゆく者が自らの自己を放棄するべきでないというならば、腐敗してゆく秩序は老いゆく者に見放されてはならない。彼の精神的振る舞いが不吉な死体性愛であると知りつつ、彼はそれらの秩序に価値のない忠誠を守らなくてはならない。つまりこうだ。彼はここでも自己を踏み越えるという望みのない企てのなかで彼の絶無化を受け容れると同時に拒絶しなくてはならない。

彼は世界をもう理解できない。[27]彼が理解する世界などもうない。理解できないものを理解しろという強要も、過去への拘束も、彼を放免してくれない。彼は英雄ではなくどこかの誰かにすぎない。老いて死んでゆくだろう、どこの誰もと同様、英雄的に。

死につつ生きる（1）

数々の病が現れる。主治医の顔が、臨床的楽観主義によって濾過された職業的憂慮の表情をとして見せる。同窓生たちがこの世を去ってゆく。統計ではまだ十五年が約束されている。老いゆく者は死を思う。まずは客観的な出来事として、生き残っている者の範疇で死を思う。すべてが良き風習にのっとって成就されるよう彼は願う。家族はなんとか可能なかぎりでは面倒をみてくれて、なんらかのかたちで埋葬が執り行われ、そのために遺言がしたためられる。因習および生きつづけている者たちの求めるこうした秩序状態が確立すると、死への思いに憑かれた者は正気に戻る。

おおいに予測可能な時期に自分がもうそこに存していないであろうこと（過ぎ去った二十年間は、それを振り返り見る者にとって狂気の迅速さで去っていった！）は、彼にとってある程度の重みがあり、そして死について瞑想するよう仕向けられているように感ずる。すぐに彼は知ることになるだろう——そのような思案はどんな結果にもいたりえないことをではない、それなら彼もさしづめいつだってわかっていた——そのような思案は不可能であると。死を思うとは、と哲学者ウラディーミル・ジャンケレヴィチは意気阻喪させられる書物『死』で書いている、思考できないものを思考することだ、と[2]。死についてはなにひとつ考えられず、天才も愚鈍な者もこの対象のまえでは等しくかたなしだ。死とは何ものでもなく、無であり、無意味である。死についての思考は圧縮されて些末なものとなる、とはいえ圧縮の法則にしたがってきわめて高密度ではあるのだが。しかしそれは思考なのだろうか？　そうとは言い難い。考えられないものを考えさせられるはめに陥った者には、それが思考と呼ばれようが呼ばれまいが、少なくとも数々の単語は残されている。それらもまたまったく少数の単語へと縮小する。死を考えるのは単調で狂躁的な繰り言となる。それは現代詩のある種の産物と否定しがたく類似する。私は死ぬだろう死ぬだろう私は死ぬのは私だろう私は死ぬだろうか死ぬのは私だろう私は死ぬだろう。あるいはフランス語でなら、ジュ・ヴェ・ムリール・ムリール・ジュ・ヴェ・ジュ・ヴェ・ム‐リール、リール、リール、ジュ・ヴェ・ム[3]——あらゆる言語でこれをやってみせられる、同じ無意味なやり方で。というのも私の言語の限界は私の世界の限界だろうし、他方で私の世界の限界は私の言語の限界でもあり、死という私の反‐世界をまえに、私の言語の無力さも明らかになるからだ。

たとえ彼が繰り言を嘲笑し、死という避けることのできない全面的敗北に自分は思考する人間であるという尊厳を対置しようとしたところで、それでも無力な言語と力をもたない思考が老いゆく者のもとから去るわけではない。そのとき彼は死にゆくことを、より正確には死に去ることを考えているかもしれない。死に去ることに対する恐怖が正当化されるのは、それがさまざまな度合いの肉体的苦痛を用意しており、私は死に対して不安を抱いているわけではなく病と苦痛に対して抱いているにすぎない、と一般に言われているからだ。そのように素早く出される言葉に誰が実際異議を唱えようか？　死にゆく際の苦悶は恐ろしいまでの強烈さで何百回と描かれてきた。マルタン・デュ・ガール「父の死」、そこには次のように記されている。《痙攣性の尿毒症発症はよりいっそう頻繁になった。それが起こるときの情け容赦なさときたら凄まじく、発作に襲われるごとに看護人たちは息を呑んで腰を抜かして病人の苦しみを手をこまねいて眺めざるをえなかった。発作から発作へと長い咆哮があるだけだった。長い咆哮が……(4)》同様の記述はこれ以外でも無数に見いだせる。多くの人が父ティボーの戦い抜いたような断末魔の苦しみの場に身をもって居合わせ、無駄な抵抗をくり返す男の汗にまみれた両手を握ったものだ、けれど結局は彼を埋葬したのだ、ああ善良な男だったのに。老いゆく者にとってそれはもう我がことであるのだが、不毛なおしゃべりに陥らぬようにと医者が柔和にして楽観的な気遣いをすでにしてくれているのに乗じて、死にゆく過程のほうにすがり、思考できないものである死には触れずにいる。当面、ではあるが。彼がもしあまりにたやすく疲れ果てて諦念になびかなければ、我に返らざるをえないだろう。これは――とのちの彼は気づく――この死にゆく過程もまた生きることなのだ、生きることが永続的な死にゆく過程であるように。《私は死を知っています》と顧問官ベーレンスは、断固とした深刻さで、そしていつもの判で捺したような快活さも見せず、『魔の山』のなか死を宣告されたヨーアヒム・ツィームセンの母に向かって述べる――《私はかねてから死に雇われているのです、死は過大評価されているのです、私の言うことを信じてください！ ほとんどなんでもないことなのだと申し上げられます。場合によってはそれに先立って苛酷な目にあうこともありますが、それは活気に満ちた事件なのでして、そこから生や治癒に向かうことだってあるのですから……》[5]

活気に満ちた事件、なんといっても老いゆく者の関心を真っ先に惹くのがこれだ――死の思考もしくは反抗の思考にまだ深く沈潜するまえに彼はともあれそう考える。この事件は、生命保険や遺産相続についての処理に比肩するようなところがあり、肉体問題でもあれば社会問題でもあるのだ。いちばんうまくゆくなら人間を数分間にして地面に投げ倒す心筋梗塞で死ぬのを恐れるのか、それとも悲惨さを見かねて医者である息子が救いの注射を打った父ティボーのように何週間も長引く尿毒症で死ぬのを怖れるのか、これはどうでも良いわけではない。また貧乏人が救貧院でひとり、無関心な看護人たちからほとんど注意も払われずに死ぬのと、金持ちが豪華病院で身罷るのとでは、同じでない。テーブルには花が飾られ、謝礼をはずまれた医者たちは打ち解けた調子で手厚く接してくれ、親類はいつでも見舞いが許されている、こうしたことは、あちらに踏み越えるかどうかという瀬戸際の助けとはならないかもしれないが、一定の瞬間から苦痛を除いて楽にしてくれる。そしてそのとき死にゆく過程にあってすら善き生がそこにはある。これが貧者の惨めな現存から金持ちの現存を徹頭徹尾区別している。次のように何度でも言わなくてはならない。私たちが死をまえにみな平等であるとしても——これは何も意味しないに等しい、ないしは平等の要求を恥ずべきことになんの拘束もない形而上学に押しやるだけだ——、私たちは死にゆく過程のまえには平等でない、と。《金さえありゃ泣くのも楽なもの》とは東方ユダヤの格言だ。金があるならより快適に死んでもゆける。これが、そしてこれだけが、それぞれに自身の死を与えたまえ、というリルケの神へのとりすました要求の意味であるにちがいない。(6) 自身のもしくは個人の死にゆく過程、それは金で買える。大騒ぎをしている群衆から隔離した個人的な生と同じに。そして死にゆく過程の社会的問題は、一定の利害のみに立脚する側からは厚かましくもすでに処理済みとされている社会全体の諸問題と同じに解決されていない。死よ、おまえの棘はどこにあるのか？(7) 貧者はきわめて的確な答えを出す。養老院に、救貧院に、ろくに暖房も入っておらず危篤の病人が廊下を通って便所へと足を引きずらなくてはならない住居に。

〈社会的に死ぬ〉という主題を存在論的な考察の陰に隠したり、多かれ少なかれ激しい身体の苦痛、死に先立つ《苦役》についての問いのように、空目づかいで済ませるのは許されない。しかし他方で、人が死ぬという現実の彼方でその企てが果たしえないのを充分に意識せず死に向けての探求を行い、そして固定観念の繰り言を避ける厳格さでこれを行うなど、思考する人間にとってはありえない。その際に、一方で死と死にゆく過程を引き離す、他方で双方をくり返しつつまのあわないやり方で合一する、そんな矛盾に彼はいたるところで陥る。死は死にゆく過程なくしては空虚である、しかし後者もまた空虚な死なくしては内容がない。死にゆく過程での活気を死の全面的な荒涼と分ける深淵がとりあえず開くだろう——そしてそれは、うめいている危篤の病人が黙っている死体とは異なったものである、といった月並みな言い方以上のものだ。しかしここですでに明らかになるのは——そしてこれによって私たちは、死と死にゆく過程との曖昧で説明しがたい関係を知る——死にゆく過程とは、あちら側へのほとんど無に等しい踏み越えとしてではなく時間秩序のなかで扱われうる〈死に去る過程〉とここで考えるなら、論理的議論の可能な概念であるということだ。たとえ日常的な経験知の領域から出てゆかなくとも、死にゆく過程について語ることならたしかにできる。父の腎臓がもはや濾過機能を果たさないと診断した青年医師アントワーヌ・ティボーは、老人が死につつあるのを知っている。とはいうものの厳密に言うならば誰も死ぬまえは死んでいないのだから、現在形で死につつある者はいない。いつでも、彼は死んでしまったと言いうるだけだ。〈死ぬ〉という語は、概念としては死が生じたことによってのみその論理的な正当性を得るのだから、論理的な言語では過去形でしか使えない。これはとりもなおさず、人間は自らの終わりと係わりあうたびにくり返し死と遭遇するということに他ならない。けれども死とは思考できないため、彼の努力はすべて水泡に帰し、死は無意味であるがゆえにあらゆる論理的規則は失効する。私の死、それは見せかけだけの問いだ。私が存するかぎりで死は存していない、そして死の存するところ、私はもう存しない。これを私たちは古代からこのかた知っており、そしてそのような知識はいまだ誰かの役に立ったためしはなく、死が近づきつつある誰にとっても悪趣味な冗談であるにすぎない。それは真である。それは偽である。それは叡智であり愚挙である。事実、自身の死についての主観的な言明にはつねに論理的な問題が含まれている。私は存していない。ここでは、《私は存して》が《いない》を排除していないだろうか？　いや、私が言明するときに私をいわば私自身から取り除き、自分の〈存していない〉もしくは〈現存していない〉を客観的な事実として、とはつまりここでは、生き残った者の観点から見ているかぎりで、排除などしていない。とはいえ、私が私自身のなかにとどまり、私の自己を私にとってのみ意味をもちうるものとして、つまりひとつの現存する者として理解するなら、排除しているのであって、《私は存して》は《いない》を容れない。

私が死ぬという出来事、論理的にいくら問題含みであろうと他の誰より他の何より私に係わる私の死という事実、これは生き残った者たちにだけにしか把握できず、生き残った者たちによってのみ物事の歩みに組み入れられる。よく語られているほとんどホラー・ジョークでは、ある夫がこう言う。《ぼくたち二人のうちどちらかが死んだなら、ぼくは田舎の別荘に隠遁するよ。》フランスの裁判では、刑事犯の被告が公判中に死ぬと裁判長が立ち上がり、次のような定型句を述べる。《被告は死亡した。公訴は棄却される。》彼は死んだ、公的行動は消え失せた。(8) ひとりの人間の死という客観的事態をこれ以上に明快かつ強烈に言い表せはしない。その人物はいまやもう存しておらず、起訴などできず、課税も給与の支払いも戦場への出動命令も養老院への収容もできないのだ。ただし人間にとって自分の生は、彼がいかに社会的に決定されていようとも、けっして公的な事柄ではない。彼はそこに存しているのだし、彼の現存を抜きに世界は考えられるにしても自分自身が現存していないなどとは断じて考えられない、これは彼の実存の根本状態だ。この根本状態が彼にとってたとえ耐えがたき不条理であろうとも、それは一定の局面にあって世界そのものの意味なのだ。

《そんなもの吐き出してやる、それは私に向いちゃいない》、とトーマス・マンのヨセフ四部作で父ヤコブは、ヨセフの死という誤報がもたらされたときに言う。(9) そのように誰もが、どうか自分の死と自分の非在とに折り合えるように、というとんでもない要求を口から吐き出す。いつかは誰もが死ななくてはならないのだから。彼はとてつもない吐き気を催しそれを吐き出す、そう、それは彼に向いていない。みなはみな、彼は彼であり、他の人が死ねば悲しい、とはいえ彼が存してはならないなどとはけしからぬ不可能事だ。けれども残忍で倒錯したやり方で人間は吐き出したものをふたたび自らに取り込む。それは彼に向いていない、それにもかかわらず彼はそれを飲み込まなくてはならない。彼は死ぬのを望まないが、そうなるだろう。彼には死を考えられないが、そうしなくてはならない。明白な見せかけの問い、限界にまで接する否定性の探求、同時に無‐思考である無の思考――これは、人間の究極ぎりぎりの存在の問いだ。《虚偽、それは死だ》とジャン＝ポール・サルトルの著書には記されている。実存を不透明な本質に、完了形の〈だった〉にすぎない硬化した《存在《エートル》〔である〕》にしてしまう死と、この哲学者はこうやって手を切る。死にかかずらう者は単なる〈危険な関係〉[10]以上のことを冒している。彼がやらかしているのはいかがわしい近親相姦だ。だがまた、死はあらゆる未来の行く末なのだから唯一真であるのが死だ、と言いうるのにも同様の正当性がある。一歩足を踏み出すごとに私たちは死に近づく。私たちの考える思考はことごとく、最後には死にぶつかって砕ける。死の完璧に空虚である真理、死の非現実的な現実性は、私たちの生の無意味な完成であり、あちら側への踏み越えという無にあって私たちがようやく完全に制御した生に対する私たちの勝利であり、私たちの全面的な敗北だ。

　死は絶対的な《ない》として、他に考えられうるあらゆる否定を含み込んでいる根源的矛盾だ。死は否定的にしか定義できず、私たちの生きた有機体を形成する何十億もの全細胞の最後の残りすらもが朽ち果てることだ。否定的な思考は死からはじめて可能となり、死が不可逆であるところから、否認にはじめてその総括する意味が与えられる。何かが存していたのがもはや存していない、これを私たちは、病院や葬儀業者や墓地が私たちに紗幕をかけ、ぼやかして知らせる他者の死を通してしか経験しない。ある事物が崩壊する、しかしそれは別な物理的な実体をもった事物としてふたたび見いだしうる。それに対して人間が死んだなら、行先不明のまま永久に失せる。彼が硬直して事物になるなら、それ自体はほかのどのような事物とも同様に分解するが、そうなることで彼は自分自身を否認することとなる。彼の死後に彼になされるのは、否認をふたたび取り消すという、それ自体をパロディー化するまったくもって見込みのないぞっとする催しだけだ。《かけがえのない故人》、《愛された人《ザ・ラヴド・ワン》》、その死後の理不尽な運命についてはイーヴリン・ウォーが『ハリウッドに死す』[11]で伝えているが、それはかけがえのない故人などではなく、存していないのだ。そして死体に化粧がほどこされ糸杉[12]の柩に安らうよう手はずが整えられてゆく恐ろしさ、とはいえ安らぎという概念はあらたにはじまる生の不安を引き起こすのだからこれは安らぎなどではないのだが――これは、いくばくかの違いはあれども、あらゆる厳かな埋葬のもつ恐ろしさなのだ。

　かつて存していたものがもはや存していないという他者の死の経験は、おそらくあらゆる否定的な、とはすなわち弁証法的思考の前提なのだろう。だがそれは同時にすべての弁証法の拒絶でもある。つまり否定の否定だ。〈存していない〉ことへの慰めのない洞察、それは本当の洞察ではないのだけれど、それでも謎めいてすぐ消える影を遠くから認識させてくれ、私たちに否定的－弁証法的思考のための道を開いてくれる。とはいえ私たちがこの道に足を踏み入れるやそれを塞いでしまう。死とはいっさいの肯定性をも内に抱くことのない否定態であるのだから。相対的な〈ない〉を用いるために私たちが必要としている絶対的な〈ない〉を私たちが理解するのは死からのみであるが、しかしだからといって私たちはこの〈ない〉そのものを把握しているわけではない、私たちが死を把握していないのと同様に。いかなる肯定的な思考にとってもそうであるだけでなく、あらゆる否定的思考にとっても矛盾である死は、どんな意味にも悪影響を及ぼす無意味であり、秘儀であり、ありふれたものであり、思考の必然性にして思考の不可能性であり、生のなかでの生の否認である。生とは死の限界なしには想定できずに無価値であるが、と同時に生はいつか終わらなくてはならないのだから、いかなる価値をも失うのだ。死について語る者のできることといえば、近年もはや容易には定義しがたい臨床死を確定する医者や、故人への公訴を停止しなくてはならない検事でもないならば、矛盾のなかで不条理を語るか、それとも隠喩に逃れるかのどちらかくらいだ。隠喩的言明から私たちもここで免れておらず、なんとしてでも避けようと努める場合ですら免れていないのだが、こちらのほうがより安直で好ましい道になる。死者は安らうもしくは眠る。《彼ならば安息のうちにいますよ》と、ポルガルのある笑話で亡くなったばかりの故人の親類が言うと、ひとりのお節介が無遠慮に訊ねる。どこからそれをご存じなんです？[13] 死んでからの安息を請け合うことで自分や家族の面々を慰めているこの近親者は、実際はどこからもそれをご存じではない。死者にとって——しかし死者にとってとは何を意味するのか？ より正確に言えば、空虚な言い方になろうとも〈無〉にとってだろう、すぐに腐敗してゆく死体はやはり《死者》などではないのだから——死者にとって、いかに慣用表現で好まれていようとも、安息も禍もない。死者は安らいもしなければ眠りもしない。なぜなら安らぎの後には不安が、眠りの後には目覚めが訪れなくてはならないのだから。なぜなら、〈ない〉とは存しないことであり、ただもっぱら同語反復としてしか唱えられず、唱えられないでいるに等しいのだから。

死者はその死によって自分の言語の境界ばかりでなく、彼が死んでいることについての私たちの言語の境界も定める。〈レクウィエスカト・イン・パーツェ〉、これはたしかに麗しい言葉であり、ハンス・カストルプにとってはむしろ騒音である《万歳！》などより当然はるかに好ましい。[14]しかしこれとて隠喩のうえで空虚な語だ。いくらそのように願っていようが、誰も平穏のうちに安らいはしないからだ。死はスペイン風襞襟[15]をつけていないし、コクトー「オルフェ」[16]でのマリア・カザレスという名の美しく暗い女性でもなく、空虚で識別できないものだ。死に対してなにをしたところでそれは誤りだ。《論理的言語では言い表しえない》、意味の分析にしたがってルードルフ・カルナップは、ハイデガーの無に関する命題をこのように判定している。[17] そして彼は正しい。隠喩を用いた話し方で為しうるのは無駄口だけだ。苛酷な生のあと、そしておそらくどのような生も苛酷なのだが、そのあとで故人がようやくいたった永遠の平穏についてもし耳にするなら、誰もがそのように判断するだろう。死の平穏について語るとは、生の不穏にぞっとしていることにほかならない。だがそれにとどまらず死の隠喩法など、もし人が死んだらいまやもう存していないところの〈ない〉があるだけだという正確な発言と同様に、控えておくのが良い。次のような事情でないならば——

そう、隠喩を好む遺族がいま死者は安息のうちにいるという確信をもって永遠の生を信じ、この信仰を明らかに示すのでないならば。本稿筆者は、神話を媒介してのみ統一した意味を獲得する、死後もさらに生きつづけるというばかげた信仰になんら関係をもたない。《我々が倒れるならそれは永遠にであって、劇中で殺害された俳優のようにその後でふたたび立ち上がることなどない、そう私は考える》と簡潔かつ確然と述べたジャン・ロスタン(18)とともに、筆者はこれを全面的に、そして最後まで維持する。

死の境界を越えて生きつづけたいという生命形態的(19)かつ神話的希望を追い払った者であろうと、自らの死を考えるというあらかじめ挫折を宣告された試みをしないわけにはゆかないだろう。《潜在意識では我々の誰も不死を確信している(20)》とのフロイトの言はおそらく正しい——そしてそれは、私たちがそう考えがちであるように生への《被造物に備わった》執着ゆえではなく、むしろ自身の死を考えられない結果だ――とはいえ他方でこの確信は弱々しく、神を信仰していると自称する者たちの抱いている生きつづけたいという希望と同様に頼りない。父ティボーは敬虔な男で、数多くのカトリック団体の指導的人物であり名誉会長を務めていた。しかし事が深刻になったとき、彼の抱く神とこの神のもとでの不死は彼にとってもはやさほど価値あるものでなくなったようだ。お終いなのだ、と彼にはわかっている。《他の人びとにとって死は周知の非人称的思考だ。彼にとっていま死は現在の全体であり現実なのだ。死とは彼自身だ。(21)》そこで彼は聴罪司祭を呼び寄せる。司祭は自分の職業が命じるところを語る。老ティボーは彼の手の届くところにもういない。《一瞬間、彼の思考は型どおりに、そこに逃げ込むために神の理念を呼び出そうと努める。しかし感情の高まりはまもなく萎える。永遠の生、神の恩寵――理解のゆかぬ言語だ。愕然とさせられる現実と共有する尺度のない空虚な単語だ。(22)》自分の死を信ずる者はいない。フロイトは正しい。まさにその局面に差しかかったとき、彼岸への希望を頼りにする者はいない。『ティボー家の人々』の作家マルタン・デュ・ガールは正しい。

誰もがいつの日か、考えられないことを考えはじめなくてはならない。いつの日か。とはいうものの、この空虚な探求、空虚の探求がはじまる時点は不確かだ。それにもかかわらず、漠然としたことしか言えないのを意識しながら私たちは、死の思考と出くわす時間の道のりとしての老いについて語ることができる。若い人びとにとって――そして私たちは、人間が自分の老いを自覚する時点を挙げられないのと同様に、若いということを正確に限定できない――死は、すでに近親者を葬らなくてはならなくとも、自分に係わる事柄ではない。彼は嬉々としてではないにしても死への不安をさして抱きもせず戦場に赴くし、自動車道での危険な走行速度をほとんど恐れもせず、重病ですらたいていは恐怖とならない。自分の抵抗力を確信した《身体の叡智》なのだろうか？　これは生物学者に対する問いというだけだ。若者には老人によりもこれから長い生があるという、いかなる統計にもまさる統計として集積された包括的経験への信頼だろうか？　答えは心理学者にお願いする。老いゆく者が認識しているつもりの事態には二面がある。一面では、外からの死――事故によるか、敵の手によるか――が予期されるか、それとも内からの死が予期されるかにしたがって、死への恐怖ないしは死の思考の切迫感にはさまざまな度合いがある。他面では、この内からの死も若い人の場合、たとえ重病であるとしても現実的意義はごくわずかだ。死が客観的には非人称的である事態から本来の出来事となるためには、体力減退、記憶の低下、あらゆるかたちでの衰弱や難儀という身体の衰微の広きにわたる経験が必要だ。人が死にゆく緩慢な過程のうちにいるとか、間断なく死につつある、死が我々のなかで育っていると言うならば、論理的には維持できない類比、隠喩にすぎないだろう――生きられたものの領域ではそのような死の隠喩法は経験豊かな現実であるのだ。老いゆく人間は、良心の呵責を抱きながらもいつもほとんど成功することなしに抑圧作業を進めないかぎり、意図的に自己を疎外して世渡りのための世知を身につけるのでなければ、彼が現実に身罷るはるか以前に自分が死ぬのを実際に感じる。彼は身体的、社会的、文化的な世界喪失をこうむり、以前だったならば単なる理論的な真理として心を動かされないままに信じていた、自分が〈死につつある者〉[23]であるのはたしかであるのを知らされる。狂躁的に繰り言を唱えようという誘惑がはじまる。私は死ぬだろう、死ぬだろう私は、死ぬ、死ぬ。彼はいまや死を必要としているのだが、この死はもはや彼の可能性の一画をなしていない。しかし彼は、口ごもりながら叙情的に死を語る以外に絶滅的無意味になんの手出しもできないと即座に悟るため、死にゆく過程のなすおぞましい活気についての考えにくり返し着地する。

撤回する点はなにもない。死ぬという動詞が用いられうるのは、論理的に言って過去形でしかない。この動詞はその資格をすでに生じた死からはじめて受け取るのだから。しかしながら、私たちの生全体に影を落としている死の矛盾が、つねに生の論理であるすべての論理を、すべての積極思考を失効させるために、死の観念とは論理に反しつつ死にゆく過程について思考することを手がかりにして具体化されなくてはならない。そのとき狼狽させられた者はことによると、自分は死を考えることができないので死の周りをめぐって考えなくてはならない、とつぶやくかもしれない——そしてつねにあらたに死の周りをめぐろうとする。つねに半円しか描かないにしても。私は死ぬだろう、と老いゆく者はひとりつぶやく。いつ？　どこで？　どのように？　とりわけ、どのようにか？

何年かまえからすでにAにも順番が回ってきていた。信じがたいまでに回数を重ねた誕生日とあらゆる種類の身体の不調によって、家畜やたくましい隣人のように日々を送ることがもはやできなくなっている。彼は死に親しまなくてはならない――ベルクホーフ療養所で古くから死に雇われている医長である顧問官ベーレンスのように他者の死に親しむのではなく、自身の死に。自分の死を毎日毎時待ち受けなくてはならない、本書の文脈にそぐわない特定の状況下で彼は何年にもわたり生きてきた。彼は考えられうるありとあらゆるやり方で自分の同類が消えてゆくのを見た。仲間たちは、他に言いようがないのだが――くたばっていった、先ごろ明らかになったように[24]、チフス、赤痢、飢餓で、さんざっぱら浴びせられた殴打で、さらにはツィクロンBのなかで喘ぎながら。彼は無造作に死体の山を踏み越え、巨大な鉄鉤に何人もが吊された地下通路を抜けて歩いていった。あのとき私はいったいどのようだったろうか、とAは自問する、そして他人が不信感をもって受け取るだろうと承知している答えを出す。私に不安はなかった。私は勇敢ではなかった、私を恐怖に突き落とすあれやこれやがあったからだ。私は若かった。そして私を脅かす死は外からやって来た。敵に打ち倒されるほどすてきな死はこの世にない。棍棒やらガスによる死でなくとも、死は外からやって来た。赤痢や蜂窩織炎は敵対的な世界からの攻撃であり、それ自体驚愕を引き起こしたとはいえ、怖れを引き起こしはしなかった。衰弱のなか、内側から親密なる敵として私の仲間に加わる、緩慢なる死にゆく過程とは違って。老いてしまい、必ずしも嬉しからぬ医者の診断といくつかの数値によって下り坂にかかっていることを理解させられるいまの私に係わるのは、この緩慢に死にゆく過程なのだ。殺害によって死にゆく、当時の私の場合にはこれを内からの殺害としても理解できたのだったが、それは世界からの私の人格に対する攻撃だ。鉄パイプが殴りかかり、銃撃され、ふいの熱にどっと倒される。そして私は立っている――私は立っていた、そう、つぶさに覚えている――窮地にあって助力の期待など抱けないために世界への信頼を失った人間の状態で。死にゆくこととは〈直接の恐怖《テロル》〉だった。

いまそれは〈懸念に基づく恐怖《ホロル》〉であり〈苦痛《アンゴル》〉である。かつては文字どおりに編上靴が私を踏みにじる、ないしは半ば踏みにじり、誰も押しつぶされた私の身体に一瞥すらくれず、いわんや援助の手など差し伸べはしないと、私は予期しなくてはならなかった。このたぐいの恐ろしい事柄には理解しがたくまったく見慣れないものが不意打ちするような性質があった。とはいえ私が無防備であったにしても、非合理的な根本的精神状態のなかには為しうる抵抗の芽が埋め込まれていた。今日では？　私は何も諦めないでいる。些細なことで私は医者を訪れる。医者は親切で、そこでは彼の器具と処方箋帳が私のために用立ててある。零下二十度のなか私は毎日足を引きずるようにして通った。雪に覆われた街道を何キロメートルだったかわからない。ときどきはじけるような銃声が聞こえてきて、仲間が倒れていった。他人に起きている恐怖で私はしばし震えたかもしれない。だが不安はなくてすんだ。

　疲れていて自分で車を運転したくないとき私はタクシーに乗る。まずまず快適であり、何枚かの紙幣を払える者に対して誰もてなさないわけもない。だが不安が私とともにある。決して私を震えさせはしない、ただ尋常でない執拗さのしびれたような感覚、これは少しずつ私の人格の一部となってしまっているため、私は不安を抱いているとはもはや言えない、というよりも、私が不安である。こうして不安であることによって仕事をするのが阻害されはしないし、それについて他の人びとは何も知らず、それどころか私の見せかけの上機嫌がそれによって地金を表すこともないのではあるが。せいぜい楽しげなピクニックを催すなり、観劇をするなり、流行の服を仕立てるなりの他の老いゆく者たちにしても、もっとうまくいっているわけではないのではないか、という強い疑念を私は抱いている。あのとき死の長い行進を経験した、とくに勇敢ではない、とはいえ特別臆病というわけでもない男である私に関して言うならば、生きる希望が私を離れるにしたがって死にゆくことに対する不安へと自分が化すのを、ともあれ承知している。私の実存の存在密度が薄くなり、空虚な空間を純粋な否定性としての死にゆくことへの不安が満たす。ついには私が死にゆく過程となるであろう事柄がゆっくりと近づくことで、私の生には特別できわめて醜悪にしてそれまではまったく知らなかった色彩が与えられた。それがどのように歩み寄ってきたのか、足音を、蹄の音、だく足を私がどこで聞き取りはじめたのか、もうつぶさには覚えていない。あるときは疲労があまりに速く訪れ、あるときは呼吸が困難になって突然の痛みが走った。たとえ私にそれが思い出せなくとも、回顧するなかでそれは現実になる。さんざん味わわされたひどい仕打ちが濃縮したときにはじめて、それが本質的な要因として現れた、老いと死ぬことへの期待が。不安、〈苦痛《アンゴル》〉、〈狭さ《アングスティアエ》〉、狭隘、息苦しさ。一九四四年の雪が積もった街道と、私に係わりをもとうとしなかった良き〈殺人‐死〉を私は何度も考える。あれよりすてきな死はない、実際のところ——誰にとってもそんな機会があるわけではない。

　受け容れがたい考えだ！　なんという反動的な卑劣行為に言い訳をしようとしているのかをよく考えてみるならば。そしていかに愚かなことか！　死ぬことへの不安から、すでに生じつつある死を望んでみせるとは。しかしどのような思慮をも消し去っているのは、死の矛盾がもつ愚かさにすぎない。私の確信するところでは、時間が過ぎ去らなかったとき、死にゆく過程とつきあうのは、不可避にして想像を絶した事態と親しくつきあうのは、もっと簡単であるという点、これは真でありつづける。あるいは、拒みようなく現れる理解のゆかない出来事を、厳然たる老化過程の進行のなかその特殊性で云々する——どんな動詞をここに入れたらよいのだろう？——までにいたらなかったなら。《前もって感じる》という動詞を入れてもうまくゆかない、まったく未知のものが問題となっているのだから。すべては結局〈怖れる〉という単語に還元できるのか？　私は死ぬことを怖れる、親密なる敵意をもって老いながら衝突し、偽りの親しさで馴染んでいる、そのような死ぬことを。私はそれを知らない――生きている誰がどうやってそれを知りえよう？――そこで、いつもいつも不安や《怖れる》と言っているばかりでなくそれ以上を言うべきならば、むろん私が欲するこの〈それ以上〉は言い逃れでしかありえないと承知つつも、そのときに死ぬことは生の経験と結びつかなくてはならない。私が抱いている不安は狭隘さに対するものだと思う。死にゆく過程を私の生の狭隘化と同一視するのはおそらくそれほど許されていないわけではない。身体が同じ意味で口出しをする。生に見放される、息を引き取る、私にとってかけがえない側から称されたように《息もきれぎれに過ごす》ということを、私は窒息と理解する。この概念を医学は臨床的に不正確であるとして退けるかもしれないにしても。そのときに私に絶たれる呼吸の仕方を私はよく心得ている、誰もがそうであるように。私はどこかの誰かのように呼吸困難に陥った。そのとき私には、自由への願望とは呼吸の自由への窮迫した要求に帰されるのがはっきりとわかった。しかし死にゆく過程では、なにがあろうと自分のために求める一定量の酸素がもはや私には認められていないだろう。呼吸の自由を禁じられるにともない、あらゆる自由が私から遠ざかるだろう。私は空気について心配しつづけなくてはならない、十中八九はよりいっそう詳細に知ることになる怖れをつづけなくてはならないとは、下劣な振る舞いだ。

死と死にゆく過程についてある程度心得ているつもりのAにとってはやはり、生のなかに死が現在していることは、老いゆく者に対して明白になってくる緩慢な凋落だ。そしてこの凋落をふたたび彼は狭隘化と窒息に対する不安に帰する。呼吸困難には、よく考えてみるなら必ず不条理への、つまり死の反‐思想への方向転換をもたらす特殊事情がある、迫りくる狭隘から拡がりへと見込みなく焦がれる者にはこの点が認められるべきだ。息苦しさを感ずる者がいつでも深く呼吸できるよう求め、死による救済なる欺瞞を求めはしないのを知るうえで、医者である必要も患者である必要もない。そのような救済などはない。苦しみに襲われる者は、いつでも彼の苦痛から苦痛のない生へと、圧迫から解放された自己の安らぎへと救済されうるだけであって、この自己から救済されるのではない。たとえば骨転移した癌腫の例のように、もはや人間が痛みを感ずるのではなく、人間が身体的かつ精神的全体性においてもう痛みであるしかないときにはじめて、否定への、無という反‐自己への不条理な要求が現れるかもしれない。だが自身の身体によって病人に加えられるこの極度の拷問にあってすら、苦しみを注射で終わりにしてほしいと患者が医者に哀願していたところで、終わりが近づいてくるなら彼は呼吸を求めるだろう。

　そこで論理的にはいくら不条理であるにせよ、呼吸困難というかたちで具体化する死にゆく過程への不安とは、結局のところはやはり死への不安であると思える。つまり私たちは死にゆく過程を考えるときに、最後の歩みが生気に満ちたものであるよう願うわけにもゆかず、死を思考するのが不可能であるのをいつも痛感させられる。それはひとつには、死にゆく過程とは死の地点からはじめて死にゆく過程になるからであり、だがまたひとつには――ここでAの、あるいは誰もの呼吸困難の経験がさらに役立つのだが――、苦しみに襲われている者はある呼吸が《救済となる》最後の呼吸であるのを決して望まないからだ。死にゆく過程へのないしは窒息への不安は、したがって死に対する恐怖となる。古代の叡智にしたがえば、死は私たちと何の関係もありえないのではあるが。いまや認識できない事柄を探り出すさらなる歩みが軽々に、もしかするならあまりに軽々に踏み出されているので、答えとしては向こう見ずであるものがむしろ疑問形で現れるほうが良いくらいだ。死にゆく過程への不安ばかりでなく不安とはことごとく死への不安に還元できるというように結論づけられないだろうか？　一方の〈直接の恐怖《テロル》〉と他方の〈懸念に基づく恐怖《ホロル》〉や〈苦痛《アンゴル》〉とを区別する、つまり外から見知らぬものとして加えられる死と、内から――隠喩的に言うならば――不快きわまりない親密さで私たちのうちで肥大する、よりいっそう重たい死を区別する、その必要があるというAの思案の妥当性は、いささかも減じられてはならない。しかし息もたえだえに過ごすうちで〈懸念に基づく恐怖《ホロル》〉と〈直接の恐怖《テロル》〉がふたたびひとつになって死への不安となるのはたしかだ――そして、いかなる危惧もが窒息ないし死への怖れに還元しうるかという問いは、そう的確には答えられない。医者を訪れて、自分の抱えている痛みに危険性がないと診断されれば私たちは安心する。極度の痛みをともなうリューマチの重度疾患であっても死にいたりはしないのはわかっており、さしあたりは痛みがなくとも生命にかかわる循環器系や血液の疾病よりもましであると、患者自身が受け容れる。ドイツ人の医師にして現象学者ヘルベルト・プリュッゲによる、無比なまでに深い思索の書『健康良好と健康不全』では、いわゆる《活力に満ちた》四十五歳の工場経営者について触れられている。この男性は左肩の痛みをリューマチゆえと思い医者を訪問し、こんな些末なことで教授を煩わせて申し訳ないと、毅然としながらもさりげなく申し添える。それが診察の結果リューマチなどではなくあきらかに狭心症の症状であり、医者が患者に診断結果を伝えると患者に顕著な変化が生ずる。身体的にはそのまえより苦痛は少ないにもかかわらず、男性から毅然とした姿勢、活力は消え去っている。《二週間後、彼は老けこんで見えた》とヘルベルト・プリュッゲは書いている。《気後れした物腰で、しなやかさは失せていた。いまや倹約した生活で、煙草をやめ、車は運転手に任せている。いまや自分の心臓に〈気づいて〉意気消沈している。[25]》彼は不安、死にゆくことへの不安、死への不安、最後となるだろうひと息への不安を抱いている、と補ってもたぶん良い。《拡がった不安、最後の不安、それはつまるところ死という名だ[26]》とウラディーミル・ジャンケレヴィチは書いている。いかなる不安も死への不安であり、いかなる心遣いも私たちを死から護ってくれるべきものであり、私たちが《自分の健康のためにする》ことは死の防止に向けられている。私たちの全生涯は、回避しえないことを回避しようという不条理な努力のうちに過ぎ去ってゆく。私たちが《死にゆく》度合いを強めればそれだけ、最後の呼吸に近づけばそれだけ、理性的に考えるなら折り合っておくのが私たちのなすべきことであるはずの事柄に対してよりいっそう自暴自棄に闘う。理性的に考えれば、か？　私たちがいる領域では、いかなる理性にも終わりがある。なにしろ死という絶対的な反理性があるからだ。折り合う、それは死を受け入れることだ。これがさらに意味するのは、即座に生を拒絶することだ。死を受け入れるのも、生を拒絶するのも不可能だ。拒絶するには、たとえみすぼらしくともなんらかの別な道が私たちに保証されてしかるべきだ。しかし全面的によそよそしく摑みえない死は、別な道ではない。私たちは死を考えることができないのだから死とは虚偽であり、死だけは私たちにまったく確実であるのだから死は真である。私たちに相対しており私たちに与えられている〈否〉の不透明さをまえにして、私たちは無になるよりまえに打ち砕かれ無に帰する。

私たちはどのように振る舞っているのか？　偏執狂的な繰り言を口先でつぶやいているのか？　何もかもを包み込む否定と講和を結ぶのか？　死を避けようとして死へと逃げ込むのか？　あたかも死を義務づけられていないかのように、やみくもに生きているのか？

個人心理学の分野では、こうした問いに対する回答はまったく異なった結果にならざるをえない。老いてゆき、そして老齢にいたるまで《無頓着な男》がいるものだ。そうした男は平静のうちに生きており、死ぬことにも死にもなんら係わりない、少なくともそのように見えるし、本人もそう断言している。異常をきたしていると呼ばれている別な人びとは、死を避けようと死へと走り去り、自らの不自由を取り返しのつかないかたちで確実にする行為である自殺が自らの自由を確証すると、いまだ実際に思い込んでいる。ニーチェが錯乱に先んじられていなかったなら、このように振る舞っていたかもしれない。次のように彼は書いていたくらいだ。《軽蔑するべき条件下での死は不自由な死、時宜を得ない死、臆病者の死だ。生を愛するならば違ったかたちの死を求めなくてはならない。自由で、意識的、不意打ちでない死を。[27]》自由死についてのばか話だ。

心安んじて死を直視し（あたかも死が何かをもっているかのように、そこには何か見るに値するものがあるかのように）、重力屈性、彼らを地面へと引き寄せる老化重力に抗して毅然と死んでゆく果敢な人びとについて、語られはする。快活に終末を迎える陽気な人びとについて報告されもすれば、終末の最初の前触れが近づくや悲鳴をあげて助けを求めつづけるため、愛する人びとすら心の苛立ちに愛想をつかして顔を背け、ようやくの死は悲嘆する者ではなく周りの人びとにとっての救いとなって安堵のため息をつく、そんな恐慌に陥った人びとについて、報告されもする。だがそうした個人個人の特殊性を超えて――それとともに心理学の領域を離れて――根本的に同じである、平等な基本運命に規定された、死と死にゆく過程をまえにしたひとつの態度というものがあり、そのもとでは果敢な者も臆病者も、壮健な者も病弱の者も、陽気に自身のうちで安らう者も平静を乱した神経症患者も、まったく平等なのではないか。

彼らはみな老いゆくなかで死と妥協をする。講和ではなく妥協にすぎない、いかに不快に聞こえようと胡乱な妥協だ。その際、彼らは死にゆく過程を会得したわけではない。親密な雰囲気のなかでそれを会得などしない。親密さが存するのはまさに、会得などできないという認識のなか、《予感》が不安へと還元されるなか、狭隘化の耐えがたい感情のなか、最後の呼吸をまえにした絶対的〈懸念に基づく恐怖《ホロル》〉のなかなのだ。胡乱な妥協とは、確立されるのが困難であり、場合場合によって多かれ少なかれかき乱され、それでも神経症的心気症患者ですらすっかり欠如させているわけではない、恐怖と確信の、反抗と諦念の、拒絶と受諾のあいだの均衡だ。死にゆく過程が一般的－客観的事態から個人的な事態になっている老いゆく者は、統計と医学的所見からして彼に明らかである重大な瞬間の接近を、日々非合理さを増している、自分自身を信頼していない信頼を通じて、無効にしようと試みる。猶予はいつも――発作や重い罹病、危険をともなう手術のあとで――彼にとって、実際に彼に無罪放免を決定できる法廷への控訴のようなものだ。幻想ではあるのだが。なぜならこのとき実際には延期されているのであって破棄されているわけでなく、裁判官は原判決の破棄などまったく考えていないからだ。しかしだからといって、錯覚であるのを承知のうえで老いゆく者がこれに騙されてしまうのが阻まれはしない。フィンランド語のある晩禱では、主よ、あなたが私を呼ぶならば喜んで従いましょう、けれど今晩ではなく、と言われているという。死に近づいているのを承知している者は、この祈禱者と同様に不安定な均衡で行動している。彼はすでに死のうとしている（彼がそれを望んでいるわけではなく、そうならざるをえないと知っているだけであり、それゆえ準備を整えていると述べるのだ）――、しかし今日の晩ではない、まさにこの時にではない。毎晩毎晩が今日の晩であり、毎時毎時がこの時間であり、その都度上級審に対して控訴されている。死につつ生きるというのは、自らの有限性を認識することではない。それはまた、無の無意味さに馴れることを意味してもいない。馴れとはある種の、空虚で見せかけだけの期待の練習、自分は無の無意味さの犠牲者であると自己を欺くための練習にすぎない。とはいえいつの日か、それもかなり間近に判決が確定力を得て執行されるのが結局はわかっているのだから、犠牲者などではないのだった。

　老いゆく者はときどきの状況に要求される時間感覚のなかに適応する驚くべき能力をもっており、これによって平静状態は容易につくり出される。他の箇所で述べたが(28)、老いゆく者は回想のなかでますます時間になる。世界と空間が彼から遠ざかってゆくからだ。そこで言われていたのは、〈未来に向けた時間〉は語られるべきではなく、起こるかもしれないいっさいの否定である死は期待の目標点であり、ひいては未来という概念の意味を破棄する、ということだった。私たちはこの立場を放棄しない。それでも私たちは、老いゆく者にとって無意味となる未来の次元をふたたび導入するのではないにしても、その代わりとなる新しい別ななにかに置き換えざるをえない。私たちに向かって近づいてくるものとしての未来とは、生きられたものの現実のなかでの空間であり、老いゆく者はその空間とともに未来を失う、と私たちは述べた。彼がそれと交換するのは、不明瞭な、それどころかぞんざいであるのが明白な時間的無関心の感覚である。この無関心によって彼の不安は締め出されるどころか、逆になかに閉じ込められるものの、それが我慢のゆくものにされている。彼が振り返り見る過去は、動いてゆく歳月の書割と生の諸段階であり、それらは回想の過程で重要さの度合いを間断なく変える。しかし過去の事柄の任意の期間はどれもごくわずかに思われる一方で、曖昧模糊とした未来の同じだけの区間を彼はまったく見て取ることができない、というのがつねだ。自分の存命があと数年でしかなさそうだと計算に入れなくてはならない、まさにそのために彼は、いわば主なる神をして、この期間を無限へと確実に延長してくれる善人たらしめる。四年まえに彼は休暇でどこかの都市にいた。それは昨日のことだった。一年後に彼はもうここにいないだろう。だが一年はなんと長くつづくことか！　存在的に密度を失ったあとの時間をひどく引き延ばすのは、幻想のうえでの控訴がそうであるのと同様に、平静と馴れの過程の一部である。希望？　この概念をもってするなら私たちは、神学に、つまりなんらかの超越的思考に帰依することになろう。そうした思想は、ガブリエル・マルセルが言い表しているように、《希望》を《私たちの魂がそこからつくられる》素材として見ている。(29)そのような純真さは回避されるべきだ。老いゆく者が胡乱な妥協を結ぶとき、彼は不安のなかで不安に抗して立ち上がらなくてはならない、不安の被造物として振る舞う。

弁証法的に記述可能である積極性を決して含まない否定性の創造物である彼は、つねに彼をふたたび捕まえる〈否〉を疚しい気持ちで回避する。彼が死に係わろうと試みている場合ですらも、彼は死に隠しごとをしている。尿毒症発作の痛みに苦しめられている父ティボーは息子に注射を打ってもらう。《彼は一種の緊張緩和を感ずる》と彼を案出したロジェ・マルタン・デュ・ガールは書いている。《休息の必要は、そこに疲労がともなわないので心地良いのだ。自分の死を考えるのを彼は止めなかったのだが、注射が効果を発揮して自分の死を信ずるのを彼がやめたいま、それについて語るのが彼には可能に、それどころか快適になった。[30]》老いゆく者とは誰であろうと、自分ではまだ健康で壮健であると感じているときですら、父ティボーと同類だ。死が彼を直接に脅かしていないときには、彼は自分の死を客観的な出来事として受け容れる。もちろん私は死ぬだろう、でもそれにはまだだいぶ間がある、見通しも想像もつかない長い時間があるようなものだ、と独りごちるかのように。実際に向こうへと踏み越える手前まで自分が来ていると思い、すべてが無に帰する死が最後にして唯一本来的なものとして彼に残されているとき、彼は反抗する、希望なしに。《あとほんの一分ほどを、首斬り役人さん》——デュ・バリー伯爵夫人[31]は断頭台で懇願した。この言葉はフィンランドの祈禱と同様の意味をもった、同じ悲劇的錯誤の表現だ。執行猶予は判決破棄を意味しており、次の瞬間は最後の瞬間がもつのと同じ根底性、同じ取り戻しがたさを有しておらずそのような最後の瞬間ではありえない、という錯誤の。かろうじて執行猶予の与えられたある瞬間から次の瞬間へのわずかな時間幅のもつ無限とは、ひとりの人間がまだ自らに期待している一年間ないし十年間と同じぞんざいなものだ。

老いゆく者は、ある任意の機会に自分の老いをはじめて感じて以来意識にのぼるようになった自分の条件から逃れられず、それとの偽りの妥協のなかで成り行きにまかせて生きてゆく。しかしだからといって彼が軽蔑すべき嘘つきであるというのではなく、〈自己欺瞞〉は卑劣な詐欺師のそれではない。彼が順応してみせている虚偽、彼の引き受けている胡乱な妥協、それは彼の基本状態の不条理に強いられた、まさにこの体質に対する精神的な対応にすぎない。偽り、あるいは偽りを生みだすものと言ったほうがいいのかもしれないが、そうである死が彼に重たく影を投げかければそれだけ、彼の生は偽りのものとなる。〈否〉が彼ににじり寄ればそれだけ、彼の〈諾〉はねじ曲がった不誠実なものとなる。彼に巻きつく狭隘化、〈苦痛《アンゴル》〉の輪の圧迫が強くなればそれだけ、いっそう見込みなく、そのため自暴自棄で不誠実に、それをこじ開け拡がることを彼は求める。彼は瞬間に向けて言う、停まれ！――それが美しくもなければ自分のもとで停まりはしないとわかっていながら。彼はさまざまな役割を演ずる――果敢な者、従容と身を委ねる者、恐慌に陥った者、誇り高く反抗する者――、しかしどれも本当らしく演じられない。信じがたさ、演じがたさがあらゆるテクストに記載されているからだ。彼は死と死にゆく過程を分けて考えては、ふたたびそれを併せ考え、外からの殺人死を、緩慢に我が身を覆いゆく死という親密な敵から分け隔て、怖れと偽りの慰めのために許された猶予について思案する。すべて無駄だ。死の不条理は、彼が何を考えだそうとそれを否定し、同時に彼によりいっそう思案するよう強いる。考慮されるべきもろもろの懸念は死への懸念の不明瞭な鏡像であり、そこでは誰ももろもろの懸念を抱えたまま生を送ることも、死への懸念を抑えておくこともできない。ある者は自分のかかった流感について、負債について、不実な恋人について考える。そしてそのとき流感は治癒しうるもの、負債は返済可能で、不実な女は取り換えられるのに、すべてを終わらせる死について手に負えないならば、彼は死について考えるべきではないというのだろうか？　Aは首が回らぬほどに、口もきけぬほどに死の考えにひたっているが、それによって文学的な名声を得ることはないだろう。好きにさせておけば良い。彼はAなる老いゆく人間であり、そのとき名声など重要でない。

《若くして死にたくないならば、老いなくてはならない》、これは、無意味な考えと深遠なる考えと明晰な考えが一致する月並みな言い方のひとつだ。若くして死にたい者はいない、誰も老いたくはない、そこで私たちは補いあう凡庸な言葉をもつ。ただそれによって、この凡庸な言葉が補うべき箇所は、自己消耗のうちにある私たちの現存の、いたるところで受け容れられている受け容れがたさの測りがたき次元だけ、強められる。老いとともに私たちの実存の否定や《不》という接頭辞がお目見えして私たちに明らかとなるのだが、この老いとは荒廃した生の領域であり、理性的な慰めをいっさい欠いている。人は自らを欺いてはいけないのだ。老いゆくなかで私たちは純粋時間の無世界的な内的感覚となる。老いゆく者として私たちは自分の身体からよそよそしくなり、それと同時に身体の不活発な塊に以前よりも近くなる。私たちが人生の頂点を踏み越えると、自己を構想することが社会によって禁じられ、文化は私たちにはもう理解できない重荷の文化となって、むしろ私たちが精神の屑鉄として時代の廃棄物の山にふさわしいと知らされもする。老いるなかで私たちは、ついには死につつ生きなくてはならない。けしからぬ期待を抱き、卑下のためではなく自尊心を傷つけられつつ比類ない屈辱をこうむりながら。不治の病のあらゆる症状は、私たちがこの世に携えてきた死のウィルスがおよぼす理解を超えた作用に還元できる。私たちが若かったときそれは毒性をもたなかった。私たちはおそらくそれについて知っていたが、私たちにはなんの関係もなかった。老いるにともない死のウィルスが潜伏状態から現れ出てくる。それは私たちにとっての関心事だ、たとえそれがなんでもなくとも私たち唯一の関心事だ。そして狂乱の繰り言、死を詩的にうたうおしゃべりのほうが、夕陽を背にした落ち着いた牧歌の醜悪きわまりない低俗作品《キッチュ》よりもはるかにましだ。《陽が傾くとき老齢は燃えなくてはならない(32)》とディラン・トマスは語っている。

平静が乱され、妥協が暴露され、風俗画が破壊され、慰めが払いのけられるほどに、Aが何かをしたというのか？　彼はそう望んでいる。日々は収縮し干上がる、そのとき彼は真理を述べたいという欲求を抱いた。

訳注

エピグラフ

（1）『見いだされた時』末尾近くよりの引用。〈老い〉に差しかかった語り手がようやく作品に取りかかろうと決意しつつも、それだけの時間が自分に残されているだろうかと不安を表している箇所。

前書き

（1）本書の初版はエルンスト・クレット社の「試論（Versuche）」叢書の第十三巻として刊行された。ドイツ語の〈試論（Versuch）〉はフランス語の〈エセー（essai）〉の訳語として使われる。また〈～を探求する（Suche nach ～）〉という言い回しは、プルースト『失われた時を求めて』標題のドイツ語訳にも用いられ、ここでもそれが意識されていると考えられる。

（2）ヘルベルト・プリュッゲ（一九〇六‐七二）は内科医、神経科医でハイデルベルク大学正教授にして大学病院長も務めた。プリュッゲは『人間とその肉体』で『罪と罰の彼岸』でのアメリーの〈拷問〉についての記述を論じている。他方アメリーは『メルクーア』誌（一九六九年三月号）に「患う人間の世界」と題して原注にあるプリュッゲの二著作に書評を寄せている。両者は個人的な親交ももっていた。

（3）アンドレ・ゴルツ（一九二三‐二〇〇七）はヴィーン生まれ、フランスでジャーナリストとして、とりわけ六八年前後に活躍した。『罪と罰の彼岸』「いくつの故郷を人間は必要とするか」の章でアメリーはゴルツに触れ、《サルトルの弟子》《半ユダヤ人であるオーストリアからの亡命者》と称している。ただし一九六八年三月革命以降、ゴルツはサルトルと袂を分かち、「反成長」のエコロジー的方向に進む。彼も自ら命を絶った。

第四版への前書き

(1) ヴィーンの民衆喜劇作家フェルディナント・ライムント(一七九〇－一八三六)最後の喜劇「浪費家」(一八三四年)では、浪費家の貴族が二十年後の第三幕では零落した末に物乞いとして登場し、かつての召使いで指物師のファレンティーンのもとに身を寄せる。ここでは第三幕第七場ファレンティーンの歌の次のくだりが踏まえられている。「やがて死がはばかりながらと現れて/俺を引っ張る。友よ、おいでよ!と。/そしたらまずは聞こえぬふりをして/振り向いたりしない。/それでも奴は言う、愛しのファレンテイーン!　手数をかけるなよ!　さあ!/そしたら鉋を置いて/この世にお別れだ。」

(2) 本書一六四頁。第四版以降の本文にあっても、この箇所を含め内容上の変更はいっさい加えられていない。

(3) これは一九七六年に刊行された。邦訳は大河内了義訳『自らに手をくだし　自死について』(法政大学出版局、一九八七年)。

現存と時間の経過

(1) ここで念頭に置かれているマルセル・プルーストは五十一歳で没している。以下の箇所は『見いだされた時』のゲルマント大公邸宅での〈午餐会(matinée)〉場面が踏まえられている。ここでは語り手の旧知の老いた姿がいわば「仮装舞踏会」として描かれている。その語り手はむろん「プルースト」を名乗っているわけではない。

（2）アメリーは一九六七年七月に南ドイツ放送で「ラジオ・エセー」部局を担当していたヘルムート・ハイセンビュッテルに宛てて送付した本書骨子に次のように記している。《老いの経験について語られる際に、老いゆく男ないし老いゆく女〔Alternder/Alternde〕をAという符号で表すことにする。〔…〕そうすることで私は、主観的な告白と客観的な分析が完全に均衡を保つよう目指している。》

（3）正確には、マルセル・プルースト自身はパリ郊外のオートゥイユに生まれ、パリで育つ。母親もパリ生まれ。父親はコンブレのモデルと考えられているイリエ生まれ。イリエはロワール＝エ＝シェール県の北に隣接したウール＝エ＝ロワール県に位置している。発音についてのアメリーの記述は、フランス語発音体系からしてありうるものの、確認できなかった。

（4）《死に身を委ねた者たち》というこの表現を、本書英訳者はプラーテンの詩「トリスタン」を示唆していると指摘している。三連より成る詩の第一連は次のとおり。《両目で美を見つめた者は／すでに死に身を委ねており／地上の職務に役立たない／それでも死をまえにして震えるだろう／両目で美を見つめた者は》。

（5）ラッセルは『人間の知識』「第四部　科学的概念」の「五　公共的時間と私的時間」冒頭で、おおよそこのような内容を哲学者たちの時間についての《おしゃべり》の例として挙げている。もとよりこうした議論をまともに取りあっているわけではない。邦訳『バートランド・ラッセル著作集10』鎮目恭夫訳、みすず書房、一九六三年、五三頁。

（6）アメリーはミンコフスキー『生きられた時間』を友人のヘルベルト・プリュッゲに勧められて一九六七年に読んでいる。

（7）トーマス・マン『魔の山』第七章最初の小章「岸辺の散歩」では、物語の語り手が「時間」に関する議論をしている。ここでは、《時間について物語るなんて》以下《物語とは呼べない》までが、微細な異同はあるものの、この小章冒頭をほぼそのまま引いた文章になる。なおマンは家族のあいだで《魔術師》と呼ばれていた。

（8）アンリ・ベルクソン『物質と記憶』「持続と緊張」の節ではたとえば次のように言われている。《私たちの意識によって生きられる持続は、一定のリズムをもつ持続であって、物理学者の語る時間、あたえられた期間の中にいくらでも多数の現象をしまい込める時間とは非常に異なる。》(田島節夫訳、ベルグソン全集第2巻、白水社、二二九頁)。

(9) ライナー・マリア・リルケ「幼年時代」(『形象集』所収)の文言。その第一連は、《学校での長い不安と時間が過ぎ去る/待ちくたびれ、ただただ鬱陶しい物事とともに》ではじまり、《ああ奇妙な時間よ、ああ時間を過ごすことよ/ああ孤独よ》で終わっている。

(10) カントは『純粋理性批判』「I 超越論的原理論」、第一部「超越的感性論」で、《外的感覚(私たちの心情の一特性だ)を介して私たちは、諸対象を私たちの外に、そこでそれらを総じて空間のなかに表象する》(第一節「空間について」)と、それに対して《時間とは、内的感覚の形式、とはつまり、私たち自身および私たちの内的状態を直観する形式にほかならない》(第二節「時間について」)と規定する。

(11) ハイデガー『存在と時間』第三五節では、《おしゃべり(Gerede)》という表現が《貶下する語義ではなく》、《日常的な生〔現存在〕を理解し解釈するあり方を構成する、積極的な一現象を意味する》と説明されている。

(12) ゲーテ『ファウスト 第二部』、ファウスト最期のせりふを皮肉っている。《瞬間に向かってこう言うことが許されよう/停まってくれ、おまえはかくも美しい!/私の地上の日々の痕跡は/永遠に滅びはしない――/そのような高貴な幸福を予感して/いま私は最高の瞬間をあじわう。》(一一五八一 - 一一五八六行)

(13) ホフマンスタールの詩「無常について」第一連《まだ頬に息吹を感じているのに/どうしてありえよう、この近しい日々が/過ぎ去ってゆくとは、永遠に、そして過ぎ去ったままとは?》につづく第二連《誰にもあますところなく考え出せないことがらだ、/そして嘆くにもおそろしすぎる、/すべてが滑りゆき、流れ去るとは》の第一行目が踏まえられた表現。

(14) サン゠ジェルマン゠デ゠プレ地区は戦後、セーヌ左岸のなかでもとくに文化の中心をなし、サルトル、ボーヴォワール、ジャック・プレヴェール、ボリス・ヴィアン、ジュリエット・グレコ、ゴダール、トリュフォーら、多くの知識人、芸術家が居住していた。「赤い薔薇《ラ・ローズ・ルージュ》」はやはり左岸のカルチェラタンに一九四七年から五六年の期間にあった「実存主義キャバレー」。プレヴェールやヴィアンがここで活動したほか、ルイ・アラゴン、ジャン・ジュネなどが常連客だった。

(15) 中世の詩人ヴァルター・フォン・フォーゲルヴァイデ（十二－十三世紀）の「老齢の歌」ないし「ヴァルターの嘆きの歌」と呼ばれている詩の第一連第一行目の文言。アメリーは現代語訳で引いている。続く第二行目は《私の生は夢だったのか、それとも本当だったのか？》となる。

(16) この表現について英訳書の注では、トーマス・マン『ヨセフとその兄弟たち』序章「地獄巡り」冒頭の文章が指示されている。《過去の泉は深い。その底はきわめがたいと称するべきでないか？》

(17) ドイツ語 Tod は（英語の death、フランス語の mort などと同様に）抽象概念としての〈死〉を意味するとともに、とくに芸術作品ではその擬人化された形象を指し、日本語ではこれがしばしば〈死神〉と訳される。絵画などでは大鎌をもち頭から全身を覆う衣裳をまとった骸骨の姿などで表されている。原文では主語がこの Tod を指し、述語のほうには擬人化した形象（〈死神〉）に特化して使われる Knochenmann（字義どおり訳せば《骸骨男》）という語が充てられている。

(18) 原文では „Ver-nichtung“ という語が用いられている。Vernichtung は《殲滅、撲滅》等を表す名詞であり、《ユダヤ人絶滅》などという場合にも用いられる。単語のうえでは nicht は《ない》を意味する否定詞であり、字義どおりに取れば《無いものにする》ということになる。

(19) ジャンケレヴィチは『死』のなかで、《老年期は人生の秋だ、と人は言う》と述べたあと、《老化は生涯において一度、人生にただ一回しか訪れ》ないと、《老化の不可逆性》を指摘している。邦訳書二〇七－八頁。

(20) ホフマンスタールの前出詩「無常について」第二連の第二・三行目に、時称を過去形にするなどわずかな変更が加えられた文言。この章の注（13）参照。

(21) パリ東部に位置し、数多くの著名人が葬られている。プルーストもそのひとり。

(22) ウジェーヌ・イヨネスコ（一九〇九－九四）の戯曲「瀕死の王」（原題を直訳すれば「王は死にゆく」、一九六二年初演）の一節より。国家の衰亡を招きながらその自覚のない王が本人の死も間近に迎えるも、それを認めない。王の死を見据えた第一王妃マルグリットと、王とともにそれを否定しようとする、より寵愛を得ている第二王妃マリーらとのやり取りのなかで、死、時間などについて語られている。《〔王さま〕時間よ、もとに戻らぬものか。／〔マリー〕二十年前のわらわたちに。／〔王さま〕先週でもかまわぬ。／〔マリー〕昨夜でもかまわぬ。時間よ、戻りたもれ、戻りたもれ、時間よ、とどまりたもれ。／〔マルグリット〕もう時間はありません。王さまの手の中で溶け去ってしまった。》（「瀕死の王さま」大久保輝臣訳、イヨネスコ戯曲全集3、一九六九年、白水社、二三五頁、ただし話者表示を〔　〕に入れた）。引用箇所はアメリー原文のドイツ語からの重訳。ちなみにジャンケレヴィチも『死』のなかで同箇所を引いている。邦訳書三一六頁。

(23) 三連から成るヘルダーリン「ヒュペーリオンの運命の歌」の最終連中での表現が用いられている。第三連訳は次のとおり。《しかし我らの運命は／いずこにも休らわぬこと。／苦しむ人間は／消える　亡びる／見境もなく　一刻から／また一刻へ／さながら水が岩から／岩へ打ちやられ／はては有耶無耶の際へ落ち入るように。》（川村二郎訳）

(24)「ハイスターバッハの修道士」の言い伝えは、ヴォルフガング・ミュラー・フォン・ケーニヒスヴィンター（一八一六－七三）の詩で知られる。そこで語られる物語概要は以下のとおり。若い修道士が庭で永遠について思念し、《主の御前には一日は千年のごとく、千年は一日のごとし》（「ペテロ後書」三－八）という言葉について考えをめぐらすうちに森のなかに迷い込む。晩鐘の音に修道院へ引き返すものの、そこにいるのは見覚えのない修道士たちばかりだった。彼らに訊ねられ名を告げ、それにもとづき古い帳簿を調べると、彼が三百年まえに失踪した人物だったと判明する。これを聞いた修道士の髪は一瞬にして白くなり、《神は場所と時間を超越している》と告げて息絶える。

自身によそよそしくなる

(1) ギリシア語の形容詞〈クサントス〉は〈黄色の、金髪の〉を、名詞〈エラスマ〉は〈金属片〉を意味し、〈クサンテラスマ〉は〈黄色板症〉とも訳される。また名詞〈ヒッポス〉は〈馬〉で、〈クサンティッペ〉は語源的には〈金毛の馬〉の意味。

(2) シモーヌ・ド・ボーヴォワール邦訳題名『或る戦後』の原題は „La Force des choses“（事態の力）、ドイツ語訳はここで書かれているように „Der Lauf der Dinge“（事態の進行）の標題で出された。一九六三年に原著が出された本書のドイツ語訳は一九六六年に刊行されている。この訳書と後に刊行される『老い』（一九七〇年）とあわせて、アメリーは同七〇年「老齢――ひとつの政治事件？　シモーヌ・ド・ボーヴォワールの最新作　脅かされた実存から社会主義的社会への逃走」と題した比較的長い書評を寄せている。さらに『老い』のドイツ語訳（一九七二年刊）にも即座に「老いることの醜行　シモーヌ・ド・ボーヴォワールの盲目的反乱」と題した書評を書いていた。

(3)《よく私はびっくりして立止まる、私の顔の役目をしているこの信じられないものを前にして、私はあらゆる鏡をぶちこわしたカスィリヨーネの気持を理解する。〔中略箇所は本章注5〕――両眼の上には深い襞があり、下にはふくろができている。顔はふくれ、口の周囲にはしわが与える悲しい様子がある。道で行き交う人は、別に良くも悪くもない、年相応の五十女を見るだけかもしれない。しかし私には、もう治癒することのないかさがその上にできた、私の昔の顔が見えるのである。》『或る戦後――ある女の回想』下、朝吹登水子・二宮フサ訳、紀伊國屋書店、一九六五年、三八六頁。以下本書からの引用箇所は、アメリーが引いているドイツ語訳から重訳してある。

(4)《私は老いをなかなか信じることができない。「シモーヌ・ド・ボーヴォワール」という活字を見る時、私は、私であるひとりの若い女について人が語っているような気がする。よく私は眠っている時、自分は夢の中では五十四歳だが、眼を開ければ三十歳なのだ、という夢を見る。》前掲書、三八五頁。

(5) ドイツ語訳中カタカナ箇所のみフランス語で引かれている。《私は自分の外見はほとんど気にかけなかったように思う。健康で欲しいだけ食べられる人間が彼の胃袋を忘れているのと同じだ。自分の顔を不快感なしに見られたあいだ、私は自分の顔を忘れていた。それは自然にそこにあったのだ。もう駄目だ。私は鏡の中の自分を嫌悪する》。前掲書三八六頁。注3の中略箇所にあたる。

(6)〈傍らにいる人間〉との言い回しは、『罪と罰の彼岸』「ユダヤ人であることの強制と不可能性」の章で、次のように使われている。《世界への信頼なしに私は自分の周囲に対してよそよそしく、独力で対し、できることといえばこのよそよそしさのなかで身がまえることだけだ。〔…〕私の周りの人びとは、かつての拷問者のように反‐人間として私に現れはしない。彼らは〈傍らにいる人間〉であり、私にも私の脇にすり寄ってくる危険にも係わらない。私は敵意なしに彼らに挨拶して通り過ぎる。》『罪と罰の彼岸』の〈傍らにいる人間〉および後出（本章注13）〈ともにいる人間〉については、次の論文を参照のこと。北島玲子「ユダヤ人であることの強制　ジャン・アメリーにおける克服できない過去」、『上智大学ドイツ文学論集』第五五号（二〇一八年）二三五‐二六一頁。

（7）本書テクストは書籍刊行されるに先立ち「ラジオ・エセー」として放送されており、その際の総合タイトルは「不治の病」だった。この示唆をアメリーはジャンケレヴィッチ『死』から得たと推測される。《老年は、死が健康な人びとの病気であるのと同じ意味で、正常な非正常だ。ところで、場所を限定することができないこの形而上学の病気は、拡散しているというまさにその理由から、癒しえない病気だ。》邦訳書二〇八‐九頁。

（8）「前書き」で提示されているプリュッゲ『健康良好と健康不全』「健康状態」の章では次のように記されている。《私の健康状態が阻害される一見「もっとも簡単な」あり方を、私たちはある体内の「臓器」があることに気づくときに体験する。》《体内に「臓器」があることを体験するだけで、重大な、しばしばきわめて苛立つような健康状態の傷害が引き起こされる。たとえば心臓や血管の疾病で医者にやって来る患者の相当数がこう嘆く。「心臓を持っていたのを知りませんでしたが、いまそれがわかりました。」〔…〕あるというそのことが病人の気にかかり、自分自身に気持ちを向かわされ、そこにあるものに気づきそれについて省察して自身を確認するよう、絶えず強いられる。》(S. 79)《心臓があるという体験によってくり返し心臓に「気づき」それを考えるよう強いられる病人は、世界への向き合い方が制限される。彼はくり返し自分自身に、自分の身体の状態に注意を差し向けられる。〔…〕私が自分の「臓器」が存すると気づかないことは〔…〕良好な健康状態に欠かせない。》(S. 80)《健康な者の無反省的な次元にあっては身体の意識はほとんどない。〔…〕健康で活発なとき私たちは（現象学的には！）まったく心ここにあらずで、自分の身体に心はいかない。私たちの心は「あちら」に、世界の物事や出来事に、別なところにある。すっかり落ち着いた状態にあってすら、私たちは自分の身体の状態についてほとんど何も気づいていない。〔…〕その際肉体は私たちに隠されたままで、それは黙っており、自明なものだ。サルトルはこの関連で身体を「なおざりにされるもの」、また「黙過されるもの」とも名づけている。》(S. 85) ここでのサルトルからの引用については次の注8を参照。

(9)『存在と無』第三部「対他存在」第二章「身体」には次のくだりがある。《この身体は、意識がそれであるべきであることなしに、それであるところの何ものかであり、意識が、自分のあるべきであるところのものであるために、それを乗りこえるところの何ものかである。要するに、身体（についての）意識は、側視的であり、回顧的である。身体は「なおざりにされるもの」であり、「黙過されるもの」である。それにしても、身体は、意識がそれであるところのものである。意識は、身体より以外の何ものでもあらぬ。残りは、無と沈黙である。》『存在と無 II』（松浪信三郎訳、二〇〇七年、ちくま学芸文庫）二八六－七頁。

(10) ドイツ語の „sterbliche Hülle“（死すべき包被）は《亡骸》を表す。

(11)「ヴァンダーフォーゲル運動」などを含む二十世紀初頭の「青年運動」を指していると思われる。この運動の一部はその後国民社会主義にもつながる。

(12)『魔の山』第五章内「百科全書」の小章でセテンブリーニはハンス・カストルプに《身体と精神の対照にあって身体は悪しき原理、悪魔的原理を意味します。なぜなら身体は自然だからです。そして自然は、精神との、理性との対立内部では〔…〕悪しき、神秘的で悪しきものなのです》と述べている。また第六章内「精神活動」の小章では、今度はカストルプによる《身体がもちろん自然であるかぎり》《精神と身体の対立内部では、身体が悪しき悪魔的原理を》《体現》しているとの発言がある。

(13) デカルトは『省察』のなかで〈延長するもの《レス・エクステンサ》〉と〈考えるもの《レス・コギタンス》〉を対比している。《石は実体である、つまりそれ自身で存在しうる事物であると考え、同時に私も実体であると考えるとき、私は考えるものであって延長するものではなく、他方で石は延長するものであって考えるものではない……》（第三省察）、《私は、私にきわめて緊密に結合した身体をもつとしても、しかし一方で私は、私が延長するものではなく単に考えるものであるかぎり、私自身についての明晰判明な観念をもっており、他方で身体が考えるものではなく単に延長するものであるかぎり、身体の判明な観念をもつのであるから、私が、私の身体から実際に区別され、身体なしにも存在しうることは確実である。》（第六省察）『省察』（山田弘明訳、二〇〇六年、ちくま学芸文庫）より。

(14)「ともにいる人間（Mit-Menschen）」という言い回しは、『罪と罰の彼岸』「ルサンチマン」の章で次のように使われている。《SS隊員ヴァイスは〔…〕自分が処刑される瞬間には私とまったく同じように、時間を反転させ、出来事を起きていなかったことにしたいと願ったと信じたい。刑場に連れてこられたとき彼は反人間から〈ともにいる人間〉となった。》なお本章注6をも参照のこと。

(15) マッハはたとえば『感覚の分析』（須藤吾之助／廣松渉訳、一九七一年、法政大学出版局）で、《自我は或る独特な要素聯関である》（二九三頁）、《第一次的なものは、自我ではなく、諸要素（感覚）である。〔…〕諸要素が自我をかたちづくる。私〔自我〕が緑を感覚する、ということは諸要素が他の諸要素（感覚、記憶）の或る複合体のうちに現われるということの謂いである。私が緑を感覚するのをやめたり、私が死んだりすると、諸要素はもはや従前通りの結合《ゲゼルシャフト》関係においては現われない》（一九頁）といった議論を行っている。

他者の視線

(1) ジャン＝ルイ・キュルティス（一九一七－九五）はフランスの小説家。和訳に代表作『夜の森』（松尾邦之助訳、三笠書房、一九五一年）がある。『四十歳』は一九六六年に刊行された小説。ミシェル・ウエルベック『地図と領土』（野崎歓訳、筑摩書房、二〇一三年）には作中人物の言葉として次のくだりがある。《ジャン＝ルイ・キュルティスというのはいまでは完全に忘れられてしまった作家です。長編、短編集を五十冊ほど出している。それにすばらしいパロディー作品集がありましてね……。〔…〕もうだれも読まなくなっている。不当なことですよ。けっこういい作家だったんです。いくぶん保守的、古典的なタイプではあるけれど、とにかく誠実に仕事をこなそうとした人物だった。つまり、自分にとっての仕事ということですが。『四十歳』は傑作だと思いますよ。本物のノスタルジア、伝統的なフランスが現代化されていく中で、何かが失われていくという感覚がある。読んでいると、そういう時期の感覚が見事に伝わってくるんです。登場人物たちの扱いは、左翼の司祭などを別にすれば戯画的な部分はほとんどない。〔…〕人々がジャン＝ルイ・キュルティスを〈反動主義者〉と決めつけたのは、結局のところ間違いだったと思いますよ。立派な作家だが、やや悲観的だったというだけのことです。人類はどちらの方向に向かっても決して変わることができないのだと確信していたのです。》（一五一－五二頁）作品表題である„Quarantaine“という語は、十四世紀にペスト患者が乗船した船を四十日間隔離したことから「検疫・隔離期間」の意味でも使われ、これはドイツ語単語にも移入されている。

（2）プルーストは『失われた時を求めて』執筆のころ、しばしばオテル・リッツで宿泊や食事をしていた。

（3）一九五〇－六〇年代のパリ市街には自動車が溢れており、リッツをはじめ多くのホテルが面しているヴァンドーム広場は駐車場として使われていた。

（4）ポール・ゴーギャンは銀行員ではなくパリ証券取引所の株式仲買人として働いていた。彼が没した仏領ポリネシアのヒバ・オア島は旧名をドミニカ島といった。

（5）ゲーテ『ファウスト』第一部では、ファウストに刺されたマルガレーテの兄ヴァレンティーンは《俺は死の眠りを通りぬけ／神のもとへと入る　兵士として勇敢に。》と最後に言い残す（三七七四－五行）。これを承けてトーマス・マン『魔の山』第六章の最終小章は「兵士として勇敢に」と題されている。主人公ハンス・カストルプは当初三週間の予定で従兄のヨーアヒムを見舞いに訪れたものの、彼自身長期療養生活に入る。その後ヨーアヒムは軍人としての道を歩むためひとり先に下界に戻ったが、結局いっそう健康を害して療養所に戻る。その最期の姿がこの小章では描かれている。

（6）ドイツ語のSpielには「劇、遊び、戯れ、賭博、競技」等の語義がある。

（7）シャルル＝モーリス・ド・タレーラン＝ペリゴール（Charles-Maurice de Talleyrand-Périgord　一七五四－一八三八）はフランスの政治家、外交官。政治体制が激しく変化するなかでどの体制下でも地位を確保していったことで悪名高い。

（8）世紀末にボヘミアンのたまり場だったカフェ。

（9）〈半〉〈四分の一〉という言い回しは通称「ニュルンベルク法」でユダヤ人が祖父母の代からの「血統」で規定されたことを反映して日常語のなかで用いられた。アメリーも敢えてこれを使ってユダヤ人を表すことがあり、ここではそれを思い起こさせる。
(10) パキスタンのアリ・カーン王子(一九一一-六〇)を指すと思われる。外交官も務めたものの、自動車レースに興じ、ハリウッド俳優と結婚し、というようにさまざまなゴシップ記事の材料を提供した。フランスで自身の運転する車で交通事故死している。
(11) エドワード八世(一八九四-一九七二)は一九三六年に既婚アメリカ人女性と結婚するためイギリス国王を一年足らずで退位、その後はウィンザー侯爵の称号で呼ばれる。奔放な行動で知られ、親ナチ・ドイツの姿勢などでも英国政府は苦慮した。戦後は悠々自適な放漫生活を送り、一九六〇年代には英国王室とのそれまでの確執が緩和されていったので、本書執筆時にはそうした点が世間の話題になっていたものと推測される。
(12)「ヨハネによる福音書」第一四章-二。
(13)「憤怒のゴルム」は伝説上初代デンマーク王とされるゴルム老王を歌ったテーオドア・フォンターネのバラード題名。強大な権力でデンマークに長年君臨するゴルム王は年若い一人息子を溺愛し、その死を伝える者は即刻死に供するとふれている。月日は流れ、息子は三百艘の船を連ねて出陣するものの、帰還したのは三艘のみだった。それでも息子がすでに斃れていることを誰も王に伝えられないため、王妃が自ら黒装束で室内も喪にふさわしく模様替えして、訃報を王に暗示する。そこで王は悟り、息子の死を自ら口にして息絶える。
(14) 詩集『椅子のあいだで歌う』(一九三二年刊)所収作品「夜会服を着たばけものに」第六連より。若い男性の視線からひとりの年長女性の〈醜さ〉を歌っており、作者が後から加えた自注では《作者の悪意は不当なもの》と自認されている。
(15)《不若》という日本語単語はないが、原文でも並べられた他の形容詞と異なり通常用いられない《un-jung》が用いられている。
(16)「現存と時間の経過」の章注18を参照のこと。
(17)『方法の問題　弁証法的理性批判序説』「二　前進的-遡行的方法」《ヘーゲルとマルクスの後では、人間についての弁証法的な知識があたらしい理性を要求している。この理性を経験のなかに築き上げたいという意欲を欠いているために、今日、われわれ及びわれわれの同類について、東でも西でも、ひどい誤謬でないようなものはほんの一行も一言も、語られも書かれもしていないことは確かである》という箇所への脚注として、次の文脈で言われている。《それではいささかも真実は語られていないのか、と反問される向きもあるだろう。それどころではない。思惟がその運動を保つかぎり、すべては真理であるかそれとも真理の契機である。誤謬でさえも現実の認識をふくんでいる。〔…〕虚偽とは死である。われわれが現在もつ観念はそれがわれわれに先立って死んでいるがゆえに虚偽である。腐肉の臭いのするやつもあれば大へん小ざっぱりしたちっぽけな骸骨であるやつもある。いずれにしても同じことだ。》サルトル全集第二五巻『方法の問題』（平井啓之訳、人文書院、一九六二年）一二二－一二三頁。

（18）ベトナムでのアメリカ合衆国の戦争犯罪を裁くため一九六七年にストックホルムで開催されたラッセル法廷でサルトルは議長を務めた。

（19）第二次大戦の終結にともなって露呈してきた世界の冷戦状況での政治的二極化のなか、サルトルはソ連にもアメリカにも与しない「第三の道」としての社会主義ヨーロッパを構想していた。その過程で一九四八年に「革命的民主連合（ＲＤＲ）」に参画している。この《積極的な政治実践》を《トロツキスト、キリスト教左派、青年社会主義運動、社会主義分派、コミュニストと元コミュニスト、マルクス主義者と非マルクス主義者といった、左翼の全領域から集ってきた人々、さらに社会のあらゆる階層出身の労働者の同志や元専従たちと共に彼は行なった》。アニー・コーエン＝ソラル（石崎晴己訳）『サルトル伝 1905-1980』（藤原書店、二〇一五年）六三七頁。一年半ほどの政治実践ののち、冷戦構造の反映された組織内の紛争の末、離脱している。

（20）一九六四年にノーベル文学賞受賞を辞退している。

（21）サルトルは一九六〇年にキューバを訪問しゲバラやカストロと会談している。ゲバラの死亡は一九六七年。

（22）この括弧内箇所の原文は英語。

（23）ツイストから派生し一九六〇年代半ばに流行した踊り。

（24）冷戦体制下でアメリカ合衆国とソヴィエト連邦のあいだで〈宇宙競争〉がくり広げられていたこの時期、ソ連の一九五七年人工衛星スプートニクの成功、一九六一年の有人飛行などに対して東側の視点からこの語（直訳すれば〈宇宙勝利〉）は使われた。アメリカのアポロ十一号月面着陸は本書刊行の翌年一九六九年になる。

(25) エードゥアルト・メーリケの詩「隠棲」から。四行四連から成るこの詩の第一連と第四連は次の同一詩句。《ああ俗世よ、ああ私を放っておいておくれ！／施し物で誘わないでおくれ／この心にひとりで／歓び悲しませておくれ！》この詩はフーゴ・ヴォルフの「メーリケ歌曲集」でも採用されている。

(26) サルトル執筆の映画シナリオ「賭けはなされた（Les jeux sont faits）」（一九四三年執筆）の表題がそのまま使われているが、ここでは文脈に合わせた訳にした。この作品は、それぞれ横死した男女が死後の世界で出会い、二十四時間の猶予を得て生の世界でやり直そうとするものの、かなわずに終わる。再度死の世界でその失敗を問われた女性がこの言葉を吐く。

(27) 原語の mauvaise foi には通常「悪意」「不誠実」等の訳語が充てられるが、サルトル『存在と無』第一部第二章でこの語が使われており、邦訳では「自己欺瞞」という訳語が充てられているので、これを踏襲する。その解説では次のように説明されている。《自己に対する不誠実。意識がその否定を外に向けるのでなく、自己自身に向けるような或る態度。》「『存在と無』用語解説」、松浪信三郎訳『存在と無』Ⅲ（ちくま学芸文庫）五三八頁。

世界をもはや理解できない

(1) 「レトリスム」とは「文字主義」とも訳される、イジドール・イズーが一九四五年頃に唱えた前衛的文学運動。ダダの音声詩などに影響を受け、言葉の意味ではなくその音韻、音響を重視した。

(2) ジュリアン・バンダはベルクソン哲学をはじめ、同時代の哲学諸傾向を主知主義、非合理主義と難じた。アメリーは「新たな知識人の裏切り？」と題する講演原稿（一九七六年）で〈合理主義者〉というより〈非合理主義者の敵〉としてのバンダの衣鉢を継いで、同時代のレヴィ゠ストロースやフーコーらの《構造主義》を非合理主義と難じつつ、ただしバンダとは異なり《弁証法》的契機をも重視し、サルトルを《裏切らなかった知識人》として称揚している。

（3）『ファウスト』第一部「魔女の房」では《汝須らく會すべし。／一より十を作せ。〔…〕五と六とより／七と八とを生せしめよ。〔…〕九は則ち一なり。十は則ち無なり。之を魔女の九九と謂ふ》（二五四〇 - 五二行、森林太郎訳）とある。

（4）マックス・アードラー（一八七三 - 一九三七）はオーストリア・マルクス主義の理論家で、カント学派哲学の強い影響下、社会民主主義的路線を主唱した。

（5）一九六二年、社会的現実や間近の歴史から遊離した旧態依然で一見人畜無害の戦後ドイツ映画と袂を分かつことを謳った映画人たちによる「オーバーハウゼン宣言」が記者会見で発表された折に、《パパの映画は死んだ》と題されて、人口に膾炙した。ただし宣言内にこの語はない。宣言の精神はその主唱者にとどまらず、一九六〇年代後半にファスビンダー、ヘルツォーク、ヴェンダースらによっても継承され、いわゆる「新しいドイツ映画（ニュー・ジャーマン・シネマ）」が隆盛を見る。

（6）テーオドア・レッシング（一八七二 - 一九三三）、ルートヴィヒ・クラーゲス（一八七二 - 一九五六）ともに大枠では「生の哲学」に分類されて語られることが多い。両者は若年時友人だったが、同化ユダヤ人家庭に生まれた前者は政治ジャーナリストとしてドイツ・ナショナリズムを批判し、ナチ政権成立後亡命先で暗殺される。後者は反ユダヤ主義を募らせ、ナチ・イデオロギー先駆者のひとりと見なされている。

（7）『特性のない男』主人公のウルリヒの幼友だちであるヴァルターは、第一巻第一部第一四章「幼友だち」で妻のクラリセとともにはじめて言及され、その後第一七章「特性のない男の特性をもつ男への影響」をはじめとした数箇所で、両者の議論が交わされている。

（8）『魔の山』第六章内の小章題名。この文のすぐあとで言及されるイエズス会士はナフタを、フリーメーソン会員はセテンブリーニを指し、両者が交わす議論がこの小章の中心をなす。

（9）ロジェ・マルタン・デュ・ガールの同名小説『ジャン・バロワ』（一九一三年）の主人公で、無神論者にして自由思想を奉じ、ドレフュス派の知識人として闘う。

（10）すでに名の挙がっているヘルベルト・マルクーゼが示唆されているかと考えられもするが、アメリーが本書に取りかかる直前に執筆した文章「弁証法の隠語」（『メルクーア』第二三六号、一九六七年十一月）ではアドルノの『本来性の隠語』（一九六四年）に紙数が割かれているので、むしろアドルノが念頭にあると推測される。

(11)『デーミアン』第五章では、教会のオルガン奏者ピストーリウスの部屋で語り手にして主人公のシンクレアが彼とストーヴの火を見つめながら語り合う場面がある。

(12) ダーニエル・カスパー・ローエンシュタイン（一六三五－八三）は悲劇作家、クリスティアン・ホーフマン・フォン・ホーフマンスヴァルダウ（一六一七－七九）は詩人。両者ともにバロック文学に特徴的である装飾華美な表現が見られる。

(13) クリスティアン・シンディング（一八五六－一九四一）はノルウェーの作曲家、ドイツ音楽の影響を受けた作風でグリークの後継者と見なされた。ピアノ曲「春のささやき」（一八九六年）は彼の代表作。

(14) デートレフ・フォン・リーリエンクローン（一八四四－一九〇九）は詩人。「印象主義」と分類されるように、内面に深く沈潜することなく自然や恋心を歌った。テーオドア・シュトルム（一八一七－八八）ともども、二十世紀初頭に広く読まれた。アメリーは若年時に愛読した詩人・作家として折りに触れ、いささかの自嘲を込めつつ、ヘルマン・ヘッセと並べてリーリエンクローンに言及している。

(15) ヘルダーリンの代表作の多くは、狂気に陥っていったとも言われる一八〇〇年から一八〇六年の期間につくられている。また彼の詩が広く高評価されるようになるのは二十世紀に入ってからになる。

(16) ヘルダーリンの代表作品のひとつ「生の半ば」最後の三行《壁は／言葉なく冷たく立ち、風のなか／風見の旗が音をたてる》を踏まえている。アメリーは『罪と罰の彼岸』の「精神の限界で」の章でこの詩に触れ、強制収容所内ではためく「旗」の光景と重ね合わせていた。ちなみに詩人・歌手のヴォルフ・ビーアマンは一九七九年に出されたアルバム「生の半ば」のなかでこの詩を歌い、〈ベルリンの壁〉の光景へと意味転換させている。

(17) リヒャルト・デーメル（一八六三－一九二〇）の詩「我が酒盛り歌」のなか、酒場での酔言や喧噪を独自の擬音語で表した語句。ただし原詩では《ディァグローニ・グライア》と《クリルララ》が一続きで記された箇所はない。

(18) 文芸誌『新展望《ノイエ・ルントシャウ》』は、一八九〇年フィッシャー書店より自然主義演劇・文学運動の一環として創刊された週刊誌を前身として、九四年に「ノイエ・ドイチェ・ルントシャウ」〈新ドイツ展望〉と改称、一九〇四年に現名称となる。二十世紀ドイツの政治体制変化にともない紆余曲折はあったものの、二〇二四年現在も刊行されている。

(19) エルネスト・アンセルメ（一八八三－一九六九）はストラヴィンスキーをはじめ、プロコフィエフ、サティ、オネゲルなどの数々の作品初演を果たし、バレエ・リュスの指揮者も務め、ピカソやコクトーらと交友をもったように同時代の芸術に伴走したが、シェーンベルク、あるいは無調音楽、十二音技法、セリー音楽は受けつけず、後にそれがもとでストラヴィンスキーとの仲も決裂した。

(20) ゲオルク・ハイム（一八八七－一九一二）、ゲオルク・トラークル（一八八七－一九一四）、アルベルト・エーレンシュタイン（一八八六－一九五〇）は表現主義詩人、フランツ・ヴェルフェル（一八九〇－一九四五）は小説家として広く読まれた。

(21) エルンスト・ヤンドル（一九二五－二〇〇〇）の作品「進行する疥癬」（一九五七年成立）。この詩は「ヨハネによる福音書」冒頭部《はじめに言葉があった》以下の数行を、第一連では単語冒頭のところどころにhを加え、第二連ではいくつかの単語にfを、第三連、第四連ではさらにschを加えている。ヤンドルの諸作品はクルト・シュヴィッタースらダダの衣鉢を継いだ音響上の戯れを狙ったノンセンス詩と呼べる面があるものの、純粋に音響面にとどまらずに意味面での挑発もしばしば見て取れる。本作品の場合、接続詞und（そして）がhund（犬）、さらにはschund（粗悪品）と変化することなどから瀆神的に解される余地が生じ、当初この詩を収めていた詩集„Laut und Luise“からはこの一篇が除かれた。

(22) マクルーハンの『メディア論』は一九六四年に刊行されている。

(23) ジュリアン・グリーンの初期作品『アドリエンヌ・ムジュラ』（一九二七年）では、主人公少女が専制的な父親と病身の姉という内閉した家族の軋轢のなかで鬱屈を抱えつつ、そこからの脱出を希求するさまが描かれている。

(24) フランソワ・モーリヤック（一八八五－一九七〇）は彼の生地であるボルドー近辺を舞台として内閉的な

地方ブルジョワ家庭を描いたことで知られる。息子のクロード・モーリヤック（一九一四－九六）は批評家として現代文学に肩入れするとともに、自身もヌーヴォ・ロマン的作品を執筆している。

（25）ゲーテ『西東詩集』所収の一篇「至福の憧れ」では火に飛び込み焼死する蛾のイメージから死への憧れが歌われている。第五連は次のとおり。《おまえがこれを得ないかぎり。／この、死して成れ、を。／おまえは陰鬱な客人にすぎない／暗い地上の。》

（26）本書五八頁。

（27）フリードリヒ・ヘッベルの戯曲「マリア・マグダレーナ」では、指物師アントーンは娘クラーラの「貞操」に厳格であり、それゆえ娘は自ら死を選ばざるをえない。娘の死を知らされた混乱のなかでアントーンが吐いた「俺にはもう世界を理解できない！」という末尾の科白が踏まえられていると、本書英訳者は指摘している。

死につつ生きる

（1）ドイツ語の名詞 Tod はすでに生きていない状態としての「死」を意味するのに対して、動詞 sterben「死ぬ」の動名詞形 Sterben はいまだ行き着いてはいないが「死」にいたる過程を表している。本章では静止状態としての名詞「死」と訳し分ける必要上、「死ぬ」では不充分である場合にはいささかこなれなくとも「死にゆく（こと）」あるいは「死にゆく過程」という訳語を充てる。

（2）『死』のなかでは次のように述べられている。《死の思惟の空しさは、容易に説明がつく。〔…〕死、それは思惟を崩壊せしめる非存在だ。〔…〕非存在の思惟は非思惟だ、とわたしは言った。そこでは否定が客体から主体へとはね返ってこれを殺す。死はまさにこの非存在、この人殺しの否定だ。死はほかの対象とならぶ一対象ではない！　思惟は諸概念をその相互の関係において、つまり相対的、部分的に考える。思惟は、行進のごとくに、一つの概念を他の概念の前に置く。そのように考えれば、死はわれわれの全存在の全的な非存在なのだから、存在同様に、さらにはそれ以上に思惟不可能だ。〔…〕思惟が死を一つの対象としようと企てて、力を入れ直してもむだだ。思惟は死を把えこむには至らず、この先験的怪物を貫くことなく力なく滑り落ちる。》前掲訳書四一―二頁。

(3)原文は近接未来の“Je vais mourir”とその変奏。

(4)マルタン・デュ・ガール『ティボー家の人びと』第六巻「父の死」の第四節。病床の父の容態がいよいよ悪化してゆく際の記述。《発作は、ますます頻発の度を加えていった。それはいかにも激烈だったので、ひとわたり発作がすむと、看護の人たちは、病人同様息をきらして坐りこみ、手をつかねて病人の苦しむのをながめるよりほかになかった。なんともほかにみちがなかった。けいれんとけいれんとのあいだ、神経痛はますますはげしくなっていった。からだのほとんどいたるところが、痛みのありかになっていた。そして発作と発作のあいだ、ただ長いうめき声が聞かれていた。》山内義雄訳『チボー家の人々7　父の死』(白水Uブックス、一九八四年)五二頁。本作品からの引用をアメリーはドイツ語で行っているので、ここではドイツ語訳から重訳している。以下同様。

(5)『魔の山』第六章の最終節「兵士として勇敢に」の末尾近く、サナトリウムの医師による発言。ただし引用では原文にある関係文がひとつ抜けている。

(6)リルケ『時禱集』第三巻「貧困と死について」に含まれる三行詩。《ああ主よ、人それぞれにその人自身の死を与えてください/彼が愛と意味と苦しみを得た/その生に因る死にゆく過程を》。アメリーは『罪と罰の彼岸』の「精神の限界で」の章でもこれを引いている。

(7)「コリントの信徒への手紙一」第一五章より。《最後のラッパが鳴るとともに、たちまち、一瞬のうちにです。ラッパが鳴ると、死者は復活して朽ちない者とされ、わたしたちは変えられます。/この朽ちるべきものが朽ちないものを着、この死ぬべきものが死なないものを必ず着ることになります。/この朽ちるべきものが朽ちないものを着、この死ぬべきものが死なないものを着るとき、次のように書かれている言葉が実現するのです。「死は勝利にのみ込まれた。/死よ、お前の勝利はどこにあるのか。死よ、お前のとげはどこにあるのか。」/死のとげは罪であり、罪の力は律法です。》第一五章五二―五六(新共同訳聖書より)。

(8)直前《　》内のフランス語をドイツ語に直訳するとこうなる。

(9)『ヨセフとその兄弟たち』四部作の第二部『若いヨセフ』の最終章である第七章「引き裂かれた者」の「ヤコブ、ヨセフを悼む」より。《「これが神なのだ！」と彼は身震いの度を強めながら繰返して言った。「エリエゼル、主はわしに尋ねもしなければ、また『お前の愛する息子をわしに捧げよ』と命じて、わしを試すということもしなかった。〔…〕肝心なのは試練ということだったわけだからな。ところが、そうではなかったのだ、そうではなかったのだよ、エリエゼル。神はわしなど試すには及ばないという扱いにしたのだ。〔…〕神はあの子をわしの掌中から誘い出して、道に迷わせておいて、獅子があの子に襲いかかり、野猪があの子の身体に牙を打ち込み、鼻であの子の内臓をえぐる段取りになるようにしたのだ。〔…〕こんなことが納得できるだろうか、受け入れられるだろうか。いや、とても腹におさまることではない。鳥が羽根を吐き出すように、わしもこんなことは吐き出してしまう。そら、ここに吐き出した。神はそれを好きなようにするがいい。わしの口には合わないものだ。》（佐藤晃一訳、トーマス・マン全集第Ⅳ巻、五七六－七頁、新潮社、一九七二年）。

(10)原語は“liaison dangereuse”で、ラクロの小説題名を髣髴させる。つづく性的な比喩もその流れで使われていよう。

(11)『ハリウッドに死す』はイーヴリン・ウォーの“The Loved One”（一九四八年、邦訳表題は『愛されたもの』『囁きの霊園』『華麗なる死者』『ご遺体』等々）のドイツ語訳表題。作品ではイングランド出身の詩人くずれでペット葬儀社に勤める男と葬儀社に勤務して遺体の死に化粧を担当する男女を中心にして、アメリカ合衆国での葬儀業界の大規模商業主義に対する皮肉な記述がされている。表題の語は〈遺体〉〈故人〉を指す婉曲的な言い回し。

(12)糸杉は古来より欧米文化のなかで死、喪、悲しみの象徴として使われている。

(13)アルフレート・ポルガル（一八七三－一九五五）はヴィーンの〈カフェ文士〉として、機知の効いた短文で知られる。引用箇所は掌篇「弔事」の一場面のやや不正確な紹介。作品末尾は以下の文で終わっている。《結局のところ誰かが死んでも世界は停止しない。死後にさらなる生があるのかどうか疑うのは許されるにしても、死のまえのさらなる生が死のときまであること、これには疑いない。》本作品については小泉淳二氏からのご教示に負う。

(14)『魔の山』第五章最初の小章「永遠のスープと突然の明快さ」冒頭近くヨーアヒムとの会話のなかでのハンス・カストルプの発言を踏まえている。〈レクウィスカト・イン・パーツェ〉は〈安らかに憩いたまえ〉の意味で、省略形のＲＩＰともども墓碑や死亡公知などでしばしば使われる。ここでの片仮名表記はドイツ語での標準的なラテン語発音に準じた。《万歳！》と訳した〈hoch soll er leben〉も定型表現で、文字どおりには《彼の御方の高齢まで生きられるよう！》となる。

(15)「現存と時間の経過」の章注17で記したように、ここでの〈死〉は、次に触れられる「オルフェ」に出てくる〈死〉と同様に擬人化された姿が思い浮かべられている。十六世紀スペインでの高位者のあいだで流行した高いカラーの襞飾りは、『魔の山』のなかで、ハンス・カストルプの言として、彼は《以前から死を糊のきいたスペイン風襞飾りと結びつけて想像してきた》（第六章「精神活動」）等と、複数箇所で死（死神）のイメージに重ねられている。

(16)ジャン・コクトー監督映画「オルフェ」（一九五〇年）では、生者オルフェに懸想するプリンセスこと〈死〉の役をマリア・カザレスが演じている。

(17)ハイデガーは『形而上学とは何か』（一九二九年）で〈無〉を論ずることを通じて〈存在〉とは何かを示そうとしている。カルナップは論文「言語の論理的分析による形而上学の超克」（一九三二年）で現代論理学に立脚して形而上学の用語法を批判した。そのなかで彼はハイデガーの『形而上学とは何か』での〈無〉の用法も例として俎上にあげ、《彼の問いと答えは学問の論理と思考法とは相容れない》、《経験可能なものごとの原則として向こうにあるものについては、語ることも考えることも、訊ねることもできない》等と述べている。ただこの論文中にはここでの引用箇所どおりの文言はない。

(18)ジャン・ロスタン（一八九四－一九七七）はフランスの生物学者、哲学者。著述家としても知られる。出典不明。

(19)原語の biomorph は生物の経年による現象形態変化を表す形容詞。この場合、死後も形を変えて生が存続する、といった含意と取れる。

(20)「戦争と死についての時評」（一九一五年）Ⅱ章「死に対するわれわれの態度」冒頭近く。《死に対するわれわれの態度は、決して率直なものではなかった。人が聞いているときには、われわれはもちろん進んで主張したものだ。死はあらゆる生命の必然的な結末なのだ、と。われわれは誰しも、自然から死を負わされているのであり、その負債を支払う心構えをしておかなければならないのだ、と。〔…〕しかし、実際には、われわれは、あたかもそうではないかのように振舞ってきた。われわれは、死を脇へ押しやり、死を生から締め出そうとする傾向を、まぎれもなく示してきたのである。〔…〕根本のところでは、誰も自分の死を信じていない。あるいは同じことだが、無意識においては、われわれはみな、自分の不死性を確信している。》（田村公江訳、フロイト全集第一四巻、三四一‐二頁、二〇一〇年、岩波書店）なお原文では《Im Unbewußten（無意識では）》の箇所をアメリーは《im Unterbewußten（潜在意識では）》としている。

(21) 病床を訪れた司祭と老ティボーとのやり取りが描かれた「父の死」第二節からの箇所。《ほかの人たちにとって、死は、ありふれた、人間とは独立したひとつの考え――いろいろある言葉のうちでのひとつの言葉にすぎなかった。だが彼にとって、それは現在のすべてであり、それは現実そのものだった！》前掲訳書、一五頁。

(22)《彼の気持ちは、ちょっとのあいだ、いままでの癖で、そこに何かよりどころを見つけたいと思って、神の観念を思いだしてみようとした。だが、そうした意気ごみは、すでにその最初から破れてしまった。永生とか、恩寵とか、神とか――それらはもはや、意味のない言葉にすぎなかった！》同書一六頁。

(23) 原文ではラテン語の „moribundus" が使われている。この語は『魔の山』内で末期結核患者に対して〈瀕死人〉の含意で頻出する。

(24) ナチ・ドイツによる強制収容所での残虐行為の実態が西ドイツで広く知られるようになったのは、一九六三年から一九六八年にかけて三次にわたり開かれた通称「フランクフルト・アウシュヴィッツ裁判」を通じてだった。

(25) ヘルベルト・プリュッゲ『健康良好と健康不全』第Ⅳ章「心臓の痛みについて」（S. 51ff.）での記述。このあとプリュッゲは、診断の前後で身体状態に変化があったわけではないにもかかわらず男性の心的状態がおおきく変化したことの原因を考察している。そこでは患者の《ノイローゼ》などに起因させるのではなく、《どの身体部位が病気であると感じるか》の変化にともない、そこに患者が認める意味も変わったことに原因がある、と述べている。

(26)《今日の苦悩は明日、明日の苦悩は明後日と呼ばれる。しかし、これら苦悩の苦悩、不安と呼ばれる指数のついた苦悩、拡散した苦悩、要するに、至上の苦悩は死と呼ばれる。そして、この極度の苦悩は、もっとも遠いものであるように、また、もっとも奥深く隠されたものだ。というのは、この苦悩はこの上ない深みの底にあるのだから。つまり、同時に両次元において、下と前方において、死はすべての苦悩の苦悩だ。》『死』前掲訳書、五三頁。

(27)ニーチェ『偶像の黄昏』「ある反時代的人間の逍遥」三六より。《医師たちのための道徳。――病人は社会の寄生虫です。ある状態に置かれた場合には、生き永らえることが無作法です。生きる意味、生きる権利が失われてしまった後で、医師や病院の処置に女々しく頼って植物人間として生きつづけるのは、社会の側において深い軽蔑を招くことになりかねません。〔…〕誇りある仕方で生きることがもはや可能でないときには、誇りある仕方で死ぬことが大切です。〔…〕自然死とは究極的にはやはり「不自然」死、一種の自殺にほかなりません。人は己れ自身による以外に、他の誰かによって滅びることは決してありません。ただし、最も軽蔑すべき条件下での死、つまり不自由な死、頃合いを誤った死、臆病者の死というものはあります。人は生きんとする愛からこそ、死をこれとは別様に、自由なものに、意識的なものに、偶然でもなければ、不意打ちでもないもののように欲すべきでありましょう。》(西尾幹二・生野幸吉訳、『ニーチェ全集第II期第四巻』、白水社、一九八七年、一二二―三頁)。

(28)本書三四―三五頁。

(29)マルセルは『存在と所有』(一九三五年)第一部「1　形而上学日記」の一九三一年三月十七日付記入で、《魂はただ希望によってのみある。希望とはおそらく私たちの魂が造られている素材である。〔…〕或る人に絶望することは、その人を魂として否定することではないだろうか。自分に絶望することは、前もって自殺することではないだろうか》(渡辺秀・広瀬京一郎訳、『マルセル著作集2　存在と所有・現存と不滅』、春秋社、一九七一年、七八頁)と述べている。また、「希望の現象学と形而上学にかんする草案」(一九四二年)末尾で、《希望とはおそらく、その本質において、なんらかの交わりの経験に十分内的に参与した魂のみがもちうる自在性である。かかる魂にして、はじめて願望や知識の反対を超越する行為を遂行することができるのであって、かかる行為によってこそ、その経験が担保と前提とを同時に与えてくれる生ける永続性を確認するにいたるのである》とも述べている（山崎庸一郎訳、『マルセル著作集4　旅する人間』、春秋社、一九六八年、八八頁）。さらに同書「まえがき」では次のように記している。《希望の魂にたいする関係は、呼吸の生きた有機組織にたいする関係にひとしいと言っても見当はずれにはなるまい。希望がないところでは、魂は枯渇し、衰弱してゆく》（前掲書一一頁）。

(30) 正確にはこの場面で直接注射を打つのは息子のアントワーヌではない。《「二本の注射がきき出したんだ」と、アントワーヌは思った。「これからおしゃべりがはじまるぞ」／事実チボー氏は、なにかしら弛緩といったようなものを感じはじめていた。くつろぎたい欲求、そしてそれはなんら疲労感を伴っていないため、はなはだ快適なものだった。それでいながら、彼はやはり自分の死ぬことを考えつづけていた。だが、もうそんなことを信じていない彼は、そのことを平気で口にすることもでき、またそれを口にすることが愉快でさえあった。彼は、モルヒネの興奮に駆られるままに、自分自身のため、また息子のため、りっぱな往生ぎわといったようなお芝居を見せてやりたい誘惑にさえ駆られていた。》『チボー家の人々6　ラ・ソレリーナ』（山内義雄訳、白水Uブックス、一九八四年）三五頁。

(31) デュ・バリー夫人（一七四三－九三）はルイ十五世の公妾。フランス革命に際してイングランドに亡命するが、帰国時に捕らわれ断頭台で処刑される。そのとき旧知の死刑執行人に泣き叫んで助命嘆願したと言われている。

(32) ディラン・トマスの詩「あの良き夜のなかへ」の第一連より。第一連全体三行は次のとおり。《あの良き夜のなかへおとなしく入ってゆかないでください、／老年は日の暮れに燃え上がり荒れ狂うべきです。／怒ってください、光の死にゆくのを怒ってください。》松田幸雄訳『ディラン・トマス全詩集』（青土社、二〇〇五年）より。アメリーはドイツ語訳で引いているため、ここではそこから重訳した。ボーヴォワールは死にゆく母親を描いた『おだやかな死』（一九六四年）題詞にこの詩節を掲げている。《おとなしくすべりこむとは何ごとか、かの夜の闇／にたけり狂え、老人よ、落日を前に／あばれるがいい、狂うがいい、光が死ぬのだ……》

杉捷夫訳、紀伊國屋書店、一九六五年。

訳者後書き

「老い」を自身の体験に即して扱うとなると、ともすると心身の「劣化」を苦笑混じりに自嘲してみせつつ、人間の宿命としてしかたない、といった「諦念」に落ち着く語り口になりがちだ。「老い」をはぐらかすことなく正面から見つめた本書、ジャン・アメリー『老いについて――反乱と諦念』もたしかに「諦念」にいたりはする。ただそれ以前に「反乱」が唱えられているのは類書に較べて異色かもしれない。

本書は、一九六六年刊行の『罪と罰の彼岸』で一躍注目を集めるようになったアメリーが公にした「実質デビュー」第二作目の著書となる。「実質デビュー」としたのは、二十歳代のときに出していた同人誌での作品発表はともかくとしても、一九四八年以降はスイスのドイツ語新聞からの注文に応じて主として文化記事を執筆、本人の言によれば五千件一万五千ページにわたる原稿――多少の誇張はあろうが――をそれまでに著し、加えてこれも「請負仕事」と思われる書籍を数点刊行し、というように、それに先立って彼はすでに職業的な著述家ではあったからだ。『罪と罰の彼岸』によってようやく自らのモティーフによる執筆が許される条件を獲得し、本書には満を持して向かったと考えて間違いない。

戦後西ドイツでの「具象詩」を代表する詩人にして南ドイツ放送の「ラジオ・エセー」部門責任者だったヘルムート・ハイセンビュッテル（一九二一－九六）とアメリーは一九六四年に知り合い、これが彼の「実質デビュー」につながる。『罪と罰の彼岸』は一九六四年から六八年にかけてそれぞれの章が「ラジオ・エセー」として放送されているが、『老いについて』の場合もラジオでの放送が先行し、一九六七年十一月から翌年九月にかけて「不治の病」の総合タイトルのもとで各章が放送され、ハイセンビュッテルらの強い勧めによってエルンスト・クレット社（現クレット＝コッタ社）から一九六八年秋に出版される。以後アメリーの著作は、ラジオ放送を経たあとで同社から上梓されるという段取りを踏むことになる。ひとつの章が読み上げるのに六十分弱の分量であるのはこうした事情によっている。

『非マイスター的遍歴時代』（一九七一年）の前書きで彼は、『罪と罰の彼岸』『老いについて』『非マイスター的遍歴時代』の三作を《客観性を断念した》《エセー的・自伝的小説に類するもの》と位置づけている。ただそのうち本書のみが自身を直接に語るという体裁をとっていなかった。それが一九七七年に『自らに手を下し』を出すにいたると、これを『老いについて』の続編と位置づけてもいた。いずれにせよそれらどの作品も、自身に即している、彼の好む言い回しをすれば《生きられた生＝体験〈vécu〉》に密着しているという意味で〈自伝的〉ではあった。

本書構想段階の一九六六年にアメリーがハイセンビュッテルに宛てた書簡では、《犠牲者の状態について私が報告した際には、主題の権威を味方に付けていた》と述べられているように、『罪と罰の彼岸』によってはじめて高評価を得たことはアメリー自身にとって必ずしも本意ではなかったようだ。ナチ時代の過去が沈黙、隠蔽でもって処されてきた戦後西ドイツにあって、一九六〇年代に入ると「フランクフルト・アウシュヴィッツ裁判」をはじめとして「過去の克服」の動きが徐々に広まる。『罪と罰の彼岸』もそのような社会の雰囲気のなかでこそ受け容れられた。著述家アメリーとしては「アウシュヴィッツを生き延びたユダヤ人」という境遇ばかりによって脚光を浴びるのを潔しとしなかったのだ。そこで、生きていれば誰もがこうむる普遍的な課題である「老い」を扱った本書でこそ力量が試されている、そのような気負いも強くあっただろう。同時にそこには、五十歳代半ばという「デビュー」の遅さへの焦り、不安のようなものも垣間見える。さらにその裏では、こうして「老いる」ことのできなかったはずの自分の姿をも透かし見ていたはずだ。そうした思いは多彩な切口の連ねられた文中のはしばしから感じられ、ときとして免れていない晦渋な箇所もその現れと理解できる。

ともあれ本書は、出版から四か月にして初版の四千部を売り尽くし、単行本はその後も版を重ね二〇二〇年には第十一版を数えているとともに、刊行時にはいくつもの定評ある紙誌におおむね好意的な書評が掲載されており、著者自身の期待と自負に違わない「成功作」だった。

本書各章で扱われた主題は五つの章それぞれの表題に示されており、最終章ではあらためてこう略記されている。《老いゆくなかで私たちは純粋時間の無世界的な内的感覚となる。老いゆく者として私たちは自分の身体からよそよそしくなり、それと同時に身体の不活発な塊に以前よりも近くなる。私たちが人生の頂点を踏み越えると、自己を構想することが社会によって禁じられ、文化は私たちにはもう理解できない重荷の文化となって、むしろ私たちが精神の屑鉄として時代の廃棄物の山にふさわしいと知らされもする。老いるなかで私たちは、ついには死につつ生きなくてはならない。けしからぬ期待を抱き、卑下のためではなく自尊心を傷つけられつつ比類ない屈辱をこうむりながら。》（一七二頁）

本書の所論には、老齢とは《不治の病》であるというジャンケレヴィチの視点をはじめとして、ボーヴォワール『或る戦後』での「老い」についての記述、そしてサルトル『存在と無』などからの強い影響がうかがえ、むしろそれらが本書執筆の契機となっていると推察される。むろんそれらはただ受け売りされているわけではなく、彼自身の《生きられた生》に即して咀嚼されていよう。そもそも彼は、一九六七年七月にハイセンビュッテルに送った要旨説明ですでに、《当然ながら医学的にも狭義での社会学的にも問題を論述しようとは考えておらず、現象学的－人間学的に叙述することを考えている、一定の社会哲学的な枝分かれをともなうにしても》、と述べていた。

その関連で、本書執筆にあたるアメリーの姿勢を確認するうえで、ボーヴォワールに即した訳注に入れられなかった点を補足しておく。一九七〇年四月十日付『ツァイト』紙に発表した「老齢――ひとつの政治事件？」と題された文章でアメリーは、《老いについてこれまで私の読んだなかでもっとも美しく感動的な言葉》として『或る戦後』末尾の箇所を次のように引き、《ド・ボーヴォワール夫人の結びの言葉は、私自身が老いについての小冊子を記すにあたって少なからず貢献した》と述懐している。

《そうだ、「もはや決して」と言うべき時が来たのだ。私が私の昔のいろいろな幸福から離れ去るのではなくて、それらが私から離れ去るのだ。〔…〕欲望は生まれる前にしおれてしまう、この希薄となった時の中で。〔…〕今では、あまりにも短い時々刻々がまっしぐらに私を墓へと連れて行く。〔…〕懐疑的な眼をあの信じ易い心の少女に向ける時、私は茫然として、私がどれほどくすねられたかを思い知るのである。》（朝吹登水子・二宮フサ訳、『或る戦後――ある女の回想』下、紀伊國屋書店、一九六五年、三八六―八頁）

前著へのそうした賞讃に対してしかし、一九七〇年に刊行されたばかりの新著『老い』にあっては、《突然に老齢が社会的、それどころか政治的現象として現れる》、と不満を漏らす。《かつて彼女は老いと老齢のなかに、身体に隷属させられている宿命を本質的に見ていた〔…〕が、新著ではわれわれに自分の老齢を経験させる社会的媒介に重点が置かれている》として、自分の身体、肉体から《社会》へと強調点が移されており、そして《理想的な社会では老齢はいわば存在しない》との結論部を問題視する。もとよりボーヴォワールにしても個人的・実存的要因をも充分考慮に入れてはいる、しかし彼女は《実存主義とマルクス主義》という《相容れぬ》立場を調和させられない根本的矛盾にある、そこで本書にあって彼女は《脅かされた実存から（マルクス主義的に解釈された）社会への逃走》を果たした、と手厳しく評していた。（同様の批判は一九七二年三月三十一日付『ツァイト』に載った『老い』ドイツ語訳への書評でも変わっていない。）

このようにボーヴォワールに向けられたアメリーの言は、彼自身の『老いについて』を反照してもいる。『罪と罰の彼岸』の読者だったなら抱くかもしれない期待を本書はいなすようなところがある。強制収容所の光景はわずかに触れられているにしても、「ユダヤ人問題」なり「ホロコースト」なりに関連した論述の余地はない。「アウシュヴィッツを生き延びたユダヤ人」像を本書は意識的に遠ざけて、《現象学的‐人間学的》な次元にあえてとどまろうとしているのだ。そこで《社会的な年齢》が語られても、それは社会・政治問題と直結しない相にある。そしてこれはさらに翻って、『罪と罰の彼岸』の読み方への著者からの要求であるようにも解しうる。（ちなみに、アメリー自身はナチの分類では「ユダヤ人」であるにしても、カトリックの環境で育っており、もともと特段の「ユダヤ・アイデンティティ」を持ちあわせず、ベルギーでの逮捕も「ユダヤ人」ゆえではなく抵抗運動への参加のためだった。ただしそれにもかかわらず一九六七年の第三次中東戦争以降、イスラエル国家を支持する姿勢を強め、それまで共感を抱いていた新左翼がくり広げるシオニズム批判を「新しい反ユダヤ主義」と断ずる――現ドイツでの官許の見解に通ずる――一連の発言をつづけるようになる。これは本書の枠から逸脱する問題のため、指摘するにとどめる。）

彼にとっての《生きられた生》には、独学者として広く渉猟した、とはいえ本書で挙げられるのはほぼドイツ語、フランス語の哲学および文学作品にかぎられはするものの、さまざまな読書体験も含まれているのは、一読すればすぐに目につこう。そうしたなか、ドイツ文学で参照される作家・詩人といえばトーマス・マン、リルケ、ホフマンスタール等、二十世紀前半どまりであって、戦後文学には肯定的な言及をしていない。消極的に見れば旧教養の域から頑迷固陋に出ようとしていないとも評せるが、積極的に見るならばこれも「老いの反乱」と呼べるのかもしれない。いずれにしても戦後ベルギーに居住しつつフランス文化を好み、自身の名すら、「ハンス・マイアー」というどこにでもいるようなドイツ語名をフランス語風に変え、戦後ドイツ文化を拒絶した、とはいえ決して無関心ではいなかった彼の態度もまた、ひとつの明確な意思の表現である。

もう何年まえのことになるか記憶も定かでないが、本書の打診を受けたとき本訳者は〈戦後ドイツの「罪」をめぐる言説〉を考察主題に据え、その関連でちょうどアメリーの著作に当たっていたところでもあり、ついうかうかと引き受けてしまった。さほどの紙数でもなくいったんは全体を訳出してみたものの、とても読めた代物ではなかった。その時点で「老い」はまだ我が身に切実に迫っていない、むしろ抽象概念に近く、本書をうまく捉えられていなかったせいもあるだろう。その後、主に外在的理由から訳稿に手をつけられないでいるうちに時は過ぎ去り流れ去り、いまや「老い」のただなかに浸っているばかりか、アメリーの享年すら越えていた。「罪（Schuld）」についての考察はいっこうに進まぬまま「負い目（Schuld）」ばかりが長く持ち越されてしまった。言い訳がましく述べるなら、こうしてここまで引き延ばしたために「老い」の実感が追いついたというにとどまらず、本書内で言及されている諸作品などにも当たるだけの余裕ができて、わずかなりとも訳を改善できたかと思う。おかげで訳者自身にとっても『失われた時を求めて』や『魔の山』、サルトル、ボーヴォワールの諸著作などを読み返す格好の機会を得られた。ろくでもないもろもろに煩わされていた日々ではとうていかなわなかった。

そうした「余裕」の副産物は、いささか増大してしまった訳注にある程度盛り込まれている。それらの注は本書を理解しようとする訳者の試みの痕跡でもあるということだ。加えて底本にしたアメリー著作集版に付された補遺と英訳版の注も参照した。また訳者による不充分あるいは不適切な記述によって要らぬご迷惑をおかけする可能性もあるため敢えてお名前を挙げないが、不案内な件について当該研究の第一人者からもご意見をいただくことができた。深く感謝申し上げる次第だ。

校訂版アメリー著作集はまだ出版されていない事情もあり、訳出のうえで解決できていない箇所が少なからずある。さらに出典等を確認できなかったもの、明示されていない引用や本歌取りを見過ごしてしまっている例も残っているだろう。読者諸賢にはご教示いただけるようお願いする。

これらの訳注のなかには、当該の事柄に多少なりとも知識をもつ読者にとっては自明の内容も多々含まれている。煩わしく感じられるようなら訳注ははなから無視して本文を読み進めていただくのが良いだろう。

本書はすでに一九七七年に『老化論　反抗と諦念』の邦題で竹内豊治氏による訳が法政大学出版局から出版されている。これが本邦でのアメリー著作のはじめての翻訳紹介だったはずだ。竹内氏とは面識をもつ機会がなかったものの、アドルノやエルンスト・ブロッホの翻訳など、その先駆的にして意欲的なお仕事には学生時代にお世話になった。『老化論』は半ば埋もれたかたちになっていたが、こうして半世紀近くたって「復活」できたことで「学恩」を少しでも返せるようなら幸甚だ。

ようやくの刊行にこぎつけるまでにみすず書房の方々、とりわけ半ば呆れ半ば諦めたような督促と最終段階での諸作業では守田省吾氏にすっかりお世話になった。遅延をお詫びするとともに、あらためて心からのお礼を申し上げる。

最後に《老齢は燃えなくてはならない》、この言葉を自身に手向けておく。

二〇二四年九月

訳　者

著者略歴

(Jean Améry, 1912-1978)

1912年ウィーンに生まれ, 文学・哲学を学ぶ. 1938年ナチズムを逃れてベルギーに亡命, レジスタンスに参加. 1943年ゲシュタポに逮捕され, アウシュヴィッツ, ブーヘンヴァルト, ベルゲン=ベルゼン強制収容所に送られる. 1945年の解放後ブリュッセルに住み, 作家・批評家として活発に活動した. ロマン・エッセイという独特のスタイルにより機知と明晰をもって書き, 〈現代ヨーロッパにおける最も興味深い思索者の一人〉と見なされた. 1978年ザルツブルクで自死. 著書は本書のほかに『罪と罰の彼岸』『さまざまな場所』『ルフー, あるいは取り壊し』『自らに手を下し』などがある.

訳者略歴

初見 基〈はつみ・もとい〉ドイツ文学専攻. 著書に『ルカーチ』(講談社, 1998), 訳書にシュミット『ハムレットもしくはヘカベ』(1998, みすず書房)『アーレント=ブリュッヒャー往復書簡』(共訳, 2014, みすず書房), ベルンハルト『樵る:激情』(2022, 河出書房新社) ほか.

ジャン・アメリー
老いについて
反乱と諦念
初見 基訳

2024年11月18日　第1刷発行

発行所 株式会社 みすず書房
〒113-0033 東京都文京区本郷2丁目20-7
電話 03-3814-0131(営業) 03-3815-9181(編集)
www.msz.co.jp

本文組版 キャップス
本文印刷・製本所 中央精版印刷
扉・表紙・カバー印刷所 リヒトプランニング
装丁 安藤剛史

ISBN 978-4-622-09756-3
[おいについて]